Guntram Zoppel

Tödliche Absolution

Ein Dornbirn-Krimi

Dieser Text ist ein Kriminalroman. Handlungen und Personen sind frei erfunden. Ähnlichkeiten mit lebenden oder toten Personen sind nicht gewollt und rein zufällig. Einzig die Kulissen der Stadt Dornbirn und des Umlandes sind zum großen Teil real.

Für Ulli und Moritz

ISBN 978-3-903240-18-6

Lektorat: Nina Winkler
Gestaltung/Satz: Tobias Rümmele
Foto Cover: Quisquilia/Shutterstock.com
Druck: FINIDR, s.r.o.

Quantus tremor est futurus,
Quando iudex est venturus,
Cuncta stricte discussurus!

Welch ein Graus wird sein und Zagen,
Wenn der Richter kommt, mit Fragen
Streng zu prüfen alle Klagen!

Aus:
Dies Irae, Thomas von Celano (1190-1260) zugeschrieben

#1

Vorarlberger Tagblatt - Rote Zahlen beim Backriesen

Das Dornbirner Paradeunternehmen höfle der bäcker schreibt zum ersten Mal in der Firmengeschichte rote Zahlen. Das wurde dieser Tage bekannt. Schon seit Längerem sind die Umsatzzahlen rückläufig. Im Segment feine Backwaren gibt es starke Einbrüche. Auf Anfrage wurde uns mitgeteilt, dass bereits eine firmeninterne Analyse im Gange sei. Ein Sprecher des Unternehmens erklärte: „Der Geschmack der Menschen verändert sich laufend. Einige aktuelle Produkte werden daher immer schlechter angenommen. Darauf muss man reagieren." höfle der bäcker ist in der Region seit über 70 Jahren Marktführer bei Backwaren. Das Familienunternehmen mit Hunderten Mitarbeitern entwickelte sich aus einer kleinen innovativen Bäckerei.

Der feste Griff der feingliedrigen manikürten Hand in ihrem Nacken erhöht merklich den Druck. In einem langsamen Rhythmus führt er ihren Kopf auf und ab. Ihre halblangen kastanienbraunen Haare sind straff nach hinten gebunden. Das bringt ihr hübsches Gesicht mit der schmalen Nase und den dunklen Augen noch mehr zur Geltung. Mit leicht geöffnetem Mund presst sie dabei immer wieder sanft ihre dunkelrot bemalten vollen Lippen zusammen und lässt die Zunge kreisen. Seine Atemgeräusche werden lauter. Er beginnt zu keuchen und zu stöhnen. Das ist der Augenblick, den sie gerne nutzt und sich gegen die fordernde Vorgabe sträubt, um den absehbaren erlösenden Augenblick für ihn noch ein wenig hinauszuzögern. Wilma liebt dieses Spiel. Sie hat ihn im Griff. Es verleiht ihr eine Art Macht, die sie schätzt: Abhängigkeit schaffen.

Anfang 40, attraktiv, steht sie mitten im Leben. Die zwei halbwüchsigen Kinder bereiten kaum mehr Arbeit. Ihr Mann ist beruflich voll eingespannt. Sie kümmert sich um Haus und Garten und widmet sich als Mitglied der Gemeindevertretung, Sängerin im Kirchenchor und Obfrau der Kongregation gesellschaftlichen Aufgaben. Einer regelmäßigen Arbeit braucht sie nicht nachzugehen. Ihr Mann hat eine Topposition. Für die groben Arbeiten hat man Personal und Geld spielt sowieso keine Rolle. Daher bleibt ihr genügend Zeit, wenn sie Lust dazu hat, unverbindlich sexuellen Abenteuern zu frönen. Und Lust hat sie viel. Ihr ist klar, dass sie, wenn sie dabei nicht höllisch aufpasst, ihren guten Ruf verliert. Auf den ist sie besonders bedacht. Der aktuelle Mann passt optimal in ihr Beuteschema. Es gibt keine Liebesschwüre und Diskussionen über Scheidung, sondern nur pures Vergnügen. Das war nicht immer so. Einige ihrer früheren Liebhaber musste sie daher rasch aussortieren.

„Ding, Dong." Beide schrecken auf, blicken sich fragend an. Sie überlegt kurz, ob sie die Glocke ignorieren soll, entschließt sich dann aber doch, zur Tür zu gehen.

„Räum etwas auf, damit es zur Not nach einer Besprechung aussieht", fordert Wilma ihren Lover auf.

Beim Aufstehen steigt sie in den engen nachtblauen Rock, streift ihn glatt, öffnet die Spange, die die Haare zusammenhält und wuschelt diese, schnappt sich das Handy und eilt über die Stiege nach unten, während sie den schwarzen BH zurechtrückt und die weite Bluse zuknöpft. Noch einen kurzen prüfenden Blick in den Spiegel, rasch den Lippenstift abwischen und schon ist sie bei der Haustür. Der Bildschirm der Überwachungsanlage verrät ihr, wer davorsteht. Die hätte sie jetzt nicht erwartet.

Ächzend erhebt er sich aus dem bequemen Ohrensessel. Die guten Gefühle haben sich schlagartig verflüchtigt. Missmutig zieht er die Hose hoch, stopft das Hemd hinein und schließt den Hosenladen. Den zerknitterten Hemdkragen rückt er so gut es geht zurecht, schnappt die Krawatte, die verdrückt auf der Sitzfläche liegt, beugt sich nach dem Ledergürtel am Boden und zieht sich das Jackett an. Mit der Fußspitze kickt er lässig den schwarzen Tanga sicherheitshalber unter den Sessel, damit aufgeräumt ist. Seinen Frust unterdrückend, schaut er sich um. Soweit scheint alles in Ordnung zu sein, er bemerkt keinerlei Spuren des abgebrochenen Schäferstündchens. Beim Blick aus dem Fenster der Villa sieht er ein Auto auf dem Parkplatz stehen. Die ersten Frühjahrsblumen spitzeln bereits aus den gepflegten Rabatten. Der *First*, von den vielen Baukränen etwas abgeschirmt, zeigt sich aber noch in seinem weißen Kleid.

Kurz bleibt er vor dem Schreibtisch des geschmackvoll eingerichteten Damenzimmers stehen. Diverse Zeitschriften und Bücher liegen aufgeschlagen neben dem Laptop. Er fingert in den Taschen nach der Goldrandbrille, dem Handy und checkt die eingegangenen Nachrichten. Stimmen dringen gedämpft von unten herauf. Der unerwartete Besuch und Wilma haben es sich auf der Sitzlandschaft des hallenartigen Wohnraums bequem gemacht. Sie sind in ein Gespräch vertieft.

„Warte, es dauert nicht lang, Fortsetzung folgt", sagt ihm eine WhatsApp Nachricht. Die Glocken der Kirche im *Hatlerdorf* schlagen zur vollen Stunde.

Franz Höfle, wie immer in eleganten Anzug und dazu passende dezente Krawatte gekleidet, sitzt mit seinem Bruder im Garten des *Café Steinhauser*. Die milden Strahlen der Frühjahrssonne erwärmen den *Marktplatz*. Alle Tische sind voll besetzt. Quirliges Treiben ist an allen Ecken und Enden zu bemerken. In den Schaufenstern der Geschäfte sind die neuesten Trends zu sehen. Freche Farben scheint das Frühjahr zu bringen. Einige Boutiquen präsentieren ihre Waren auch schon auf den Vorplätzen und Gehsteigen. Gärtner sind damit beschäftigt, Blumenbeete neu zu bepflanzen und Sträucher zu stutzen. Menschen, bepackt mit Einkaufstaschen, eilen oder schlendern über den Platz. Mütter sitzen auf den Bänken des kleinen Parks vor dem *Stadtmuseum* und tratschen. Ihre kleinen Kinder spielen im Kies. Pensionisten treffen sich und stehen in Grüppchen zusammen und diskutieren über Neuigkeiten, die die Stadtbewohner bewegen. Gedämpfte Geräusche von Baumaschinen sind vom *Scharfeck* und der Baustelle für die neue Markthalle aus der *Riedgasse* zu hören. So schlecht kann es den Geschäftsleuten der Innenstadt bei den Massen, die sich an einem gewöhnlichen Nachmittag auf dem und rund um den *Marktplatz* tummeln, doch nicht gehen.

„Schmeckt dir der Wein nicht und warum rührst du die Sandwiches nicht an, ist etwas?“, will Franz wissen, während er mit Winken und Deuten gerade sein zweites Glas Wein bestellt. Seit der letzten großen Auseinandersetzung sehen sich die Brüder selten. Hin und wieder bei gesellschaftlichen Anlässen. Vieles ist zwischen den beiden noch offen. Dass Franz Höfle in dieser geschäftlichen Situation jetzt seinen jüngeren Bruder braucht und vielleicht einen Deal mit ihm eingehen muss, passt ihm gar nicht.

„Tu nicht so, als ob nichts wäre. Rück endlich mit den Tatsachen heraus. Stimmt das, was in den Zeitungen steht?“, fährt dieser ihn ungewöhnlich aggressiv an. Dabei sieht er Franz nicht einmal an. Er weiß tatsächlich viel mehr, aber nicht aus den Zeitungen.

„Ja und nein“, gibt sich der Firmenchef von *höfle der bäcker* gegenüber seinem Bruder zurückhaltend. In seinem langen Berufsleben hat er gelernt zu taktieren. Gleich die ganze Wahrheit auf den Tisch zu legen bringt nichts, und er will ja etwas von ihm.

„Könntest du irgendwann einmal klare und präzise Antworten geben“, wendet sich dieser wütend Franz zu.

„Reg dich doch nicht auf“, beschwichtigt ihn Franz und erklärt ihm, wie es um die Firma steht. Natürlich aus seiner Sicht.

„Halb so schlimm", das Fazit. Die roten Zahlen beziehen sich nur auf die feinen Backwaren, alle anderen Produkte laufen nach wie vor hervorragend, die vermeintlich negativen und kritischen Zeitungsmeldungen seien für das Unternehmen fast wie Werbung.

„Aber dennoch, wir gehen in die Offensive." Franz erläutert, welche Maßnahmen er in nächster Zeit zu treffen gedenkt.

„Bist du dir sicher, dass das auch funktioniert?"

„Mach mal halblang." Jetzt ist es Franz, der sauer auf die kritischen Einwände reagiert. Seit dem Tod der Eltern führt er das Unternehmen in dritter Generation. Er hat es trotz familiärer Streitigkeiten Schritt für Schritt ausgebaut und sich dabei nie verkalkuliert.

„Du und unsere Schwester, ihr könntet ja auch einmal einen Beitrag dazu leisten. Stille Teilhaber zu sein, sich da und dort etwas einzumischen ist zwar gut und schön, aber ein bisschen bei der künftigen Werbestrategie mitzuarbeiten, schadet euch sicher auch nicht", meint Franz.

„Wie stellst du dir das vor?"

„Geplant ist eine große Medienkampagne, wir präsentieren uns dabei als typische, dynamische und intakte Dornbirner Unternehmerfamilie. Heile Welt, wie man so schön sagt", Franz lacht.

„Das mögen die Leute." Es geht dabei um einen Werbespot und TV-Auftritte, die mit den Familienmitgliedern gedreht werden sollen.

„Rita wird damit keine Freude haben."

„Genau, du bringst es auf den Punkt. Sie zu überzeugen, das ist jetzt dein Job." Sie soll sich wenigstens ein paar Tage in die Niederungen der Provinz begeben und Präsenz zeigen.

„Immerhin kassiert sie jährlich eine stattliche Apanage und kann ihren künstlerischen Ambitionen in Wien nachgehen. Da kann man von ihr schon etwas erwarten", meint Franz.

„Gut, ich kümmere mich darum, glaube aber nicht, dass es fruchtet. Ist sonst noch was, von dem ich wissen müsste?“, fühlt er seinem Bruder noch einmal in geschäftlichen Angelegenheiten auf den Zahn. Vergeblich. Er angelt sich ein Sandwich und nimmt einen kräftigen Schluck Wein.

Er scheint sich doch mit der ihm zugedachten Rolle abzufinden, geht es Franz, dem mehr bedächtigen als gewieften Unternehmer, durch den Kopf. Ein zufriedenes Lächeln zeigt sich um seine Augen.

„Eigentlich nein.“

Nachdem die geschäftlichen Angelegenheiten ausgesprochen sind, scheinen die Höfle-Brüder noch die paar letzten Sonnenstrahlen des Frühlingstags zu genießen, grüßen gemeinsam leutselig vorbeigehende Bekannte und üben dabei schon für die neue Werbestrategie des angeschlagenen Familienunternehmens: heile Welt.

Und führe uns nicht in Versuchung, sondern erlöse uns von den Übeln. In der *Bäumlegasse*, an der Ecke zur *Erlosenstraße*, ist leises Gebetsgemurmel aus dem Stadel eines alten Bauernhauses zu hören. Das Haus wurde unlängst renoviert. Die Besitzerin hat Wert darauf gelegt, dass der typische Charakter eines Rheintalhauses erhalten bleibt. So sind die Fensterstöcke nach wie vor klein und die Fassade ist mit neuen Rundschindeln versehen. Nur wenige dieser Bauten sind im *Hatlerdorf* noch erhalten. Sie sind die letzten Zeugen eines durch Landwirtschaft geprägten Stadtteils, der sich in den letzten Jahrzehnten stark zu einem Industrie- und Gewerbegebiet gewandelt hat. Zum Leidwesen etlicher Bewohner.

In dem schmucklosen Raum sitzt ein gutes Dutzend Frauen rund um einen grob gezimmerten Holztisch. In einer Ecke steht ein kleiner Altar mit Marienfigur, Kerzen und frischen Wiesenblumen in einer Vase. Der einzige Mann in ihrer Mitte ist der Kaplan. Er ist der Spiritual der Kongregation. Nach dem fix vorgegebenen Gebetsritual ergreift Wilma Thurnher, die Obfrau, mit dem Dank für die gastliche Aufnahme im Haus von Agathe Luger das Wort. Agathe ist ihre Stellvertreterin. Sie sitzt steif am anderen Ende des Tisches. Mit ihren schwarzen Haaren, zu einem Dutt gesteckt, der einfachen Hornbrille, die zum fahlen und faltigen Gesicht nicht passt, und dem schlichten grauen Kleid wirkt sie wie aus dem vorigen Jahrhundert.

„Wie ihr alle wisst, wird es in Dornbirn immer schlimmer.“ Wilma setzt zu einer längeren vorbereiteten Rede an, in der sie den Verfall von Anstand und Sitte in der Stadt anprangert.

Oben-ohne-Sonnenbaden im öffentlichen *Waldbad in der Enz*, ein neu eröffnetes Striptease-Lokal mitten in der Innenstadt, ein geplanter FKK-Bereich in den *Achauen* und ja, Yoga im *Stadtpark*, diese öffentliche Zurschaustellung halbnackter Körper, dienen ihr als drastische Beispiele.

Von allen Seiten erhält sie durch Nicken oder laute Bemerkungen wie, „so eine Sauerei“, generelle Zustimmung.

„Sie hat recht, wir müssen auf unsere Männer schauen. Stellt euch vor, meiner will zum Yoga“, wirft eine Anwesende ein.

„Ich habe meinem die Flausen schon ausgetrieben. Wir fahren nur noch nach *Schwarzenberg* ins Freibad“, gibt sich eine andere kämpferisch und reckt dabei das leicht behaarte Kinn in die Höhe.

„Ja, auch der Gruppendruck ist groß“, wird von einer schüchternen blassen jungen Frau bemerkt. Sie berichtet, wie ihr Mann nach einer Betriebsfeier in das Striptease-Lokal geschleppt wurde.

„Der Chef hat alle eingeladen. Da wird es dann schwierig“, meint sie, etwas Verständnis für ihren Mann aufbringend. Mit ihrem Einwand erntet sie nur Kopfschütteln.

„Gerade deswegen müssen solche Einrichtungen bekämpft werden. Führe uns nicht in Versuchung!“, krächzt die älteste der Frauen mit hoher Fistelstimme und fuchtelt dabei wild mit dem knorrigen Zeigefinger der rechten Hand durch die Luft.

Der Kaplan schürt die Stimmung noch etwas, indem er fordert, noch mehr zu unternehmen, um dem Sittenverfall Einhalt zu gebieten.

„Nur mit Gebeten erreichen wir zu wenig. Wir müssen auf die Straße. Mahnwachen, Demos vielleicht?“, macht er gezielt Vorschläge.

Er schaut, während er spricht, jede der Frauen einzeln an. Seine maßgeschneiderte Soutane und der Siegelring, mit dem er, während er seine Worte sorgfältig wählt, spielt, verleihen ihm unter den Anwesenden große Autorität. Er wird von den Frauen verehrt und seine Worte werden unreflektiert geschluckt. Als junger Mann hat er die Aufnahme in die Schauspielschule nicht geschafft, aber für ein Theologiestudium reichte es.

Der Kaplan ist Autor mehrerer Bücher, wie *Gott und die Welt*. Er versteht es, Religiöses und Konservatives gut zu vermarkten und gilt als Intellektueller in den Kreisen, in denen er sich bewegt. Seit Kurzem hat er auch eine eigene Fernsehsendung im öffentlich-rechtlichen Staatsfunk. Einmal pro Woche gibt er Ratschläge zu Schicksalsschlägen. Taufen, Hochzeiten und Segnungen bei Geschäftseröffnungen sind seine Hauptaufgaben, da ist er über Jahre hinweg ausgebucht. Weniger beliebt ist er bei seinen Mitbrüdern. Um die täglichen Aufgaben eines Kirchenmannes in der Gemeinde kümmert er sich wenig, außer eben als geistlicher Begleiter der Kongregation. Er kann es halt mit dem Weibervolk, hat der alte Pfarrer einmal launisch über ihn hergezogen.

Nach einer kurzen Diskussion kommt es zur Beschlussfassung: Die Kongregation wird, neben dem Gebet, öffentlich mit Demos und Flugzetteln gegen den Verfall von Sitte und Moral in der Gartenstadt auftreten. Diesen Mut-Ausbruch gegen

Veränderung und Vielfalt verstehen die Frauen als ihren Beitrag zur Kultur. Dass damit kein Staat zu machen ist, schert sie nicht. Rasch einigt man sich auf einzelne Aktionen.

„Zu unserem Sozialprojekt", Wilma kommt zum nächsten Tagesordnungspunkt. Sie bringt die Idee ins Spiel, den Erlös des jährlichen Basars nicht mehr nur lokalen Projekten zukommen zu lassen. Sie schlägt vor, eine Initiative in einem afrikanischen Land zu starten, unter dem Motto: *Wir teilen*. Sofort werden einige Frauen hellhörig und argumentierten vehement dagegen.

„Man kann doch nicht über Jahrzehnte gewachsene Gepflogenheiten einfach so über den Haufen werfen. Auch bei uns gibt es Armut!", äußert sich Agathe kritisch.

Nach etlichen Wortmeldungen scheint sich die Stimmung gegen das neue soziale Engagement zu verfestigen.

„*Wir teilen* wird nicht nur von euch getragen. Es ist mir gelungen, einen namhaften Sponsor zu gewinnen, der das erwirtschaftete Spendengeld verdoppelt", wirft der Kaplan ein.

Er rechnet ihnen vor, was damit in einer armen Region bewerkstelligt werden kann. Natürlich unter dem Vorbehalt, dass mit dem Geld sehr sorgsam umgegangen wird. Er redet von kleinen Verwaltungsstrukturen, direkten Kontakten und malt ein schönes Bild einer nachhaltigen Entwicklungshilfe und sieht sich im Geiste schon in einem afrikanischen Dorf als Missionar wirken.

„Es ist ja klar, dass ich dafür meine Beziehungen zu den Medien nutzen werde." Mit diesem Satz bringt er das Eis zum Schmelzen. Die kritischen Stimmen verstummen. Es werden noch ein paar Fragen geklärt. Letztendlich wird das Sozialprojekt angenommen und ihm, Wilma und Agathe die Federführung für *Wir teilen* übertragen.

Heilige Maria bitt für uns Sünder, jetzt und in alle Ewigkeit. Amen. Nach dem Schlussgebet löst sich die Versammlung auf.

Bei einigen Teilnehmerinnen macht sich auf dem Nachhauseweg ein schales Gefühl breit.

Freitagnachmittag, zwei Uhr, erregtes Stimmengewirr von herumstehenden Schaulustigen und Adabeis, übertönt von den Klängen der Polizei-Blasmusik, liegt in der Luft. Zackig, Märsche spielend, ist sie von der *Bahnhofstraße*, beim Busterminal in die *Poststraße* eingebogen und bringt sich auf dem freien Platz neben der Rednerbühne in Stellung. Dabei ist kurzfristig der Verkehr zum Erliegen gekommen.

Die geladenen Gäste und die Polizisten in Galauniformen werden neugierig aus der Distanz beäugt. Das Interesse gilt aber grundsätzlich mehr den Fahrzeugen, Waffen und Ausrüstungsgegenständen der Polizei, die auf dem Parkplatz besichtigt werden können. Stark frequentiert ist der Stand mit Sicherheitsinformationen zu Einbrüchen und Brandverhütung. Der Festakt zur Einweihung des Neubaus der Polizeiinspektion Dornbirn, beim Bahnhof zwischen Bahnsteig und *Poststraße* gelegen, kann beginnen.

Mit dem Slogan *Tag der Sicherheit* wurde diese Veranstaltung schon seit Wochen beworben. Der schöne warme Nachmittag im Frühjahr beschert der Veranstaltung regen Zulauf, vor allem von Vätern mit kleinen Kindern und Pensionisten.

Der Oberst der Landespolizeidirektion ergreift am Rednerpult das Wort. Umständlich verliest er die Grußadresse des Innenministers. Kasimir, der mittlerweile auch eingespannt wird, die große Trommel der Polizei-Blasmusik zu ziehen, sorgt dabei für Erheiterung. Der Esel scharrt mit einem Hinterfuß, fährt sein Gemächt aus und brunzt ungeniert. Muhammad, der neben ihm steht, verzieht keine Miene.

„Wasser marsch!“, ruft Ignaz, der Feuerwehrkommandant aus Hittisau, und klopft sich auf die Schenkel. Der Brandermittler Feuersinger und Lisa Fledderer von der Spurensicherung, die in der dritten Reihe nebeneinandersitzen, verfallen in schallendes Gelächter. Alle amüsieren sich ob des natürlichen Bedürfnisses, außer der Bürgermeisterin, die etwas pikiert die Augen verdreht.

„Darf ich wieder um Ihre Aufmerksamkeit bitten", fährt der Oberst, nachdem er die Grußadresse des Ministers zu Ende gebracht hat, schmunzelnd fort. Er ruft Sandra Dorner auf, ernennt sie zur neuen Leiterin der Polizeiinspektion Dornbirn und überreicht ihr das Bestellungsdekret. Fotos werden gemacht. Friedl Natter, mittlerweile Chefinspektor und Leiter der Inspektion Lustenau, ist der erste Gratulant. Sie umarmen einander herzlich, Wangenküsschen werden ausgetauscht. Friedl und Sandra haben mehrere Jahre in Hittisau und Lustenau zusammengearbeitet und nun leiten beide große Polizeiinspektionen im Rheintal.

„Alles Gute, Leutnant Dorner!" Friedl strahlt sie an und Sandra pustet sich dabei eine rote Locke aus der Stirn. Fesch schaut sie aus, unsere neue Chefin, denken sich einige vom Posten Dornbirn. Für den Festakt hat sie die Uniform bei einer Schneiderin etwas nachbessern lassen. Figurbetont, steht sie ihr gut. Sandra hat ihr Fachhochschulstudium in Wiener Neustadt mit Bravour abgeschlossen. Einige munkeln schon, dass sie im neuen Gebäude bald im dritten Stock landen wird: Bezirkskommando.

Die Rednerliste ist lang. Neben den Vorzügen, die das neue Haus bietet, ist viel von Sicherheit und Polizeipräsenz die Rede. Die Kommunalpolitiker, allen voran der Landeshauptmann, nutzen den Festakt, um sich in Szene zu setzen.

Ob der neuen Zustände, die hier in ihrer Gegend beschworen werden, wird manchem der herumstehenden Zuschauer Angst und Bang. Sie kramen in ihren Jacken nach der Bierdose, vergewissern sich, ob sie auch noch was zum Rauchen haben und schlurfen unauffällig weiter zur Bahnunterführung in Richtung *Haus der jungen Arbeiter*. Jugendliche aus unterschiedlichen Herkunftsländern, die die Bahnhofsgegend gerne für ihre Treffs nutzen, diskutieren laut, wo sie sich künftig aufhalten sollen. Die rumänischen Bettlerinnen haben schon vor mehreren Tagen neue Standorte bezogen. Andere verziehen sich wieder zum Kartenspielen ins *Café Fredi* oder zu den Spielautomaten ins *Erika*.

Viele aber begrüßen freudig, dass nun endlich *law and order* im Bahnhofsquartier einzieht. Schlägereien, Messerattacken und Drogenhandel haben in den letzten Jahren rapid zugenommen und zur Verunsicherung der Bevölkerung beigetragen. Frauen trauen sich schon lange nicht mehr in der Nacht allein in diese Gegend. Mit der kirchlichen Segnung und der Intonierung der Bundeshymne, bei der Kasimir keinen Mucks macht, endet der Festakt im Freien und das neue Haus wird der Bevölkerung zur Besichtigung freigegeben.

Es herrscht eine ungezwungene Stimmung. Sandra Dorner knüpft die ersten Kontakte in ihrem neuen Wirkungsbereich und plaudert mit dem Sektglas in der Hand ungezwungen mit ihren künftigen Mitarbeitern. Ebenso Friedl Natter, braungebrannt von den vielen Radtouren, mit Kollegen, die er schon lange nicht gesehen hat.

„Wir sehen uns am Abend", verabschiedet er sich dann, wie immer zeitig. Er muss zu den Kühen.

Das ist eine faule Ausrede. Der kurze Winter und das gute Wetter haben dazu geführt, dass Alma, Brunella, Cäcilia, Dora und Elsa schon auf dem Vorsäss in Korlen, oberhalb von Hittisau sind. Er will Hilde bei den Vorbereitungen zum kleinen Fest, das sie für Sandra anlässlich ihrer Ernennung geben, helfen.

Auch Muhammad, der junge syrische Flüchtling, der Friedl auf dem Hof hilft, und Kasimir, der Esel, der über Umwege zu

Friedl gefunden hat, treffen nach dem Einsatz mit der Blasmusik ein. Muhammad hat mittlerweile den Führerschein und übernimmt mit Hildes Pickup und Hänger nötige Transportwege für Kasimir. Er füttert die Hühner und säubert das Gehege. Gockel Julius begleitet ihn bei allen Tätigkeiten auf Schritt und Tritt.

Im Ochsenvorach, am Ortsrand von Lustenau, hat sich einiges verändert. Friedl konnte das Grundstück des Nachbarn erwerben. Den Garten hat er ausgebaut. Hochbeete, Backhaus und ein Pavillon aus Holz mit einem großen Tisch und Bänken sind das Herzstück, wie schon in Hittisau. Hilde und er wälzen Umbaupläne für das Haus und den Stall. Im Herbst soll es losgehen. Hilde zieht zu ihm. Auch ihre Hundepension wird nach Lustenau verlegt. Nur noch die Tierarztpraxis bleibt in Höchst.

Friedl erntet Salat und Kräuter, schiebt den vorbereiteten Teig für frisches Weißbrot ins Backhaus, deckt den Tisch und geht Hilde hilfreich bei der Zubereitung des Lammeintopfs zur Hand.

„Kommen auch alle?"

„Ja sicher, mach lieber etwas mehr. Es hat sich herumgesprochen. Vielleicht kommen auch noch unerwartete Gäste."

Der Abend verläuft unterhaltsam. Mitglieder der Polizeimusik dudeln und improvisieren zwischendurch auf ihren Instrumenten: Jazz. Sie heizen die Stimmung an. Feuersinger ist in seinem Element, reißt Witze und flirtet auf Teufel komm raus mit Lisa Fledderer.

„Brandgefährlich, die zwei", witzelt Hilde über den Tisch hinweg zu Sandra hinüber.

„Ich würde es dem alten Schwerenöter gönnen. Lisa passt zu ihm. Da ist er auf der richtigen Spur."

Anita aus Salzburg, Sandras Studienfreundin, ist auch da. Sie arbeitet mittlerweile in der Landespolizeidirektion in

Salzburg. Sie wird vom Oberst zum Fachsimpeln in Beschlag genommen. Es gelingt Sandra nicht, sie aus dessen Fänge zu befreien. Ignaz und Igor bilden die Delegation aus Hittisau, der ersten gemeinsamen Station von Friedl und Sandra.

„Stellt euch vor, sogar der Bürgermeister lässt euch herzlich grüßen. Er bedauert euren Abgang aus Hittisau“, weiß Igor, der legendäre Kellner vom Gasthaus Schiff, zu berichten. Friedl und Sandra haben für diese Nachricht nur ein müdes Lächeln übrig.

Muhammad kümmert sich eifrig um das Auftragen der Speisen. Sein Deutsch ist mittlerweile hervorragend und er hat Asyl bekommen, kann bleiben.

Weit nach Mitternacht brechen die letzten Gäste auf. Bei der Verabschiedung nimmt Friedl Sandra zur Seite.

„Ich muss dir noch etwas erzählen.“ Friedl berichtet ihr vom Besuch einer Sportfunktionärin auf der Inspektion und erzählt, was sie ihm mittgeteilt hat.

„Was hältst du davon?“

„Das siehst du richtig, aktuell kannst du da aber nichts machen.“

#2

Das neue Gebäude am Bahnhof ist für die Polizisten anfangs noch etwas gewöhnungsbedürftig. Das eintönige Grau der Möblierung schlägt so manchem auf das Gemüt. Es braucht ein paar Wochen, bis die alltäglichen Abläufe wieder routiniert von der Hand gehen. Bei der Planung des Gebäudes hat man einiges verbockt. All die Beschwerden sich anzuhören, ist eine zusätzliche Herausforderung für Sandra in ihrem neuen Job. Auch die Verkehrsanbindung ist schlecht. Es ist mühsam, mit den Einsatzfahrzeugen flott über den mit Linienbussen, Radfahrern und Fußgängern vollgestopften Bahnhofsplatz zu kommen. Die vielen Fragen, vor allem zu den technischen Geräten, sind für sie nervenaufreibend. Gott sei Dank gibt es ein paar junge Kollegen, die sich der Sache annehmen und kurze Schulungen anbieten.

Auch das Faktotum der Dornbirner Polizei, Schorsch Walter, lästert immer wieder lautstark über die neuen Arbeitsbedingungen.

„Früher im alten Gebäude" oder „damals ohne den Technikkram" sind seine Standardformulierungen, wenn er sich wieder einmal nicht zurechtfindet.

An einem Montagmorgen, kurz nach acht Uhr, manövriert er seinen massigen Körper, der in einer ramponierten Uniform steckt, durch das Großraumbüro und grüßt dabei jeden.

„Habe die Ehre!", ruft er den Kollegen mehrfach zu. Auch aufmunternde spaßig gemeinte Bemerkungen lässt er auf dem Weg zum Desk des Journaldienstes, bei dem alle Fäden zusammenlaufen, fallen. Dort, noch im Stehen, poltert er mit seinem lauten Organ gleich los.

„Den Cimarolli hat's erwischt!" Er berichtet von seinem frühmorgendlichen Einsatz im *Firstgebiet* und klaubt aus dem

Rucksack die eingetüteten, privaten Gegenstände des Verunglückten. Er bittet die Kollegen, sich weiter darum zu kümmern. Nach 48 Stunden Dienst tun ihm seine alten Knochen weh und er hat die Schnauze voll.

„Hast du die Chefin schon informiert?", insistiert der diensthabende Kollege, wissend, dass Schorsch von geordneten Dienstabläufen nicht viel hält.

„Nur kurz telefoniert. Ist sie schon zurück im Büro?" Ein weiterer Kollege nickt und weist mit dem Daumen nach hinten.

„Kannst gleich durchmarschieren. Sie ist gerade gekommen." Schorsch tippt sich an die Stirn und lässt dabei die erkaltete Virginia von einem Mundwinkel in den anderen rollen. Alle, die ihn kennen, wundern sich dabei über die Geschicklichkeit des eher grobschlächtigen Mannes.

„Guten Morgen, Leutnant!" Die Kollegen mit dem Dienstgrad anzusprechen, ist ein Tick von Walter. Es wird vermutet, dass er sich Namen nur schwer merken kann. Er lässt sich ächzend auf dem Stuhl vor Sandras Schreibtisch nieder. Sandra rümpft die Nase und atmet dabei tief ein.

„Schorsch du stinkst, nicht nur nach Schweiß", sie schließt kurz die Augen und konzentriert sich.

„Ich rieche da Leberkäse, Bier und mindestens einen Subirer. Guten Morgen Schorsch!", sie lacht.

Den Alten muss man mögen. Schon als Kind war sie von ihm fasziniert, als er den Verkehr vor der Volksschule regelte und dabei lauthals das Geschehen kommentierte. Er lässt sich, nach wenigen Wochen der Zusammenarbeit, von ihr schon ziemlich viel sagen und richtet sich auch halbherzig danach. Schorsch Walter ist Wittwer. Sandra kümmert sich etwas um ihn, vor allem, damit er es nicht zu bunt treibt.

„Schon gut, ich bin außer Dienst, hab nur noch die Uniform an." Schorsch berichtet, dass er bei der Rückfahrt kurz beim *Gütlewirt* auf ein ordentliches Frühstück vorbeigeschaut hat.

Nach so einer Nacht brauchte er das. Zwei Unfälle, die Wegweisung eines rabiaten Ehemannes und eben den Unglücksfall auf der *Gütlestraße* in Richtung *Rudach* auf Höhe der *Kobel Alpe*.

„Ein Forstarbeiter hat um sechs Uhr in der Früh mit seinem Anruf den Alarm ausgelöst. Bergrettung und Feuerwehr assistierten. Es wurde alles gesichert und dokumentiert. Mit den Kollegen vom Journaldienst habe ich schon gesprochen. Die kümmern sich im Laufe des Tages um den Rest", so der Rapport.

Schorsch berichtet in groben Zügen, was nach seiner Meinung und der Auswertung der wenigen Spuren vorgefallen ist: Bruno Cimarolli ist mit dem Auto, einem alten Lada, auf dem Weg zu seiner Hütte im *Rudach*, seinem Sommerwohnsitz, spätnachts stehen geblieben. Vermutlich um die Notdurft zu verrichten. Dabei ist er ausgerutscht und in das mehrere Meter unterhalb der Straße verlaufende Bachbett gestürzt.

„Da liegt am Straßenrand zum Teil noch viel Schnee", erläutert Walter die Unfallsituation. Der Arzt hat einen Genickbruch diagnostiziert. Er meint, Alkohol war sicher auch im Spiel. Eine Obduktion ist veranlasst. Das Auto wird noch untersucht. Es wurde mit offener Tür, eingeschalteter Zündung, angezogener Handbremse, leerer Batterie und ohne Benzin vorgefunden.

„Typisches Pinkelparken", wenn du mich fragst, kommentiert er trocken.

„Auf die Idee, die Spurensicherung anzufordern, bist du nicht gekommen?", fragt Sandra, Zweifel an seiner Theorie anmeldend, dazwischen.

„Doch, Hanife und ich haben es andiskutiert." Er berichtet, dass die Sachlage für sie eindeutig war. Auch der Arzt hat bei der ersten Untersuchung keine Spuren von Fremdeinwirkung festgestellt.

„Die Spurensicherung hätte sicher keine Freude gehabt, dort im felsigen Gelände in die *Ach* zu steigen, um dann einen Unfalltod festzustellen“, untermauert er seine Entscheidung. Hanife kümmert sich noch um den Papierkram und geht dann auch, ergänzt er seinen Bericht.

„Wie kommst du mit ihr klar?“

„Prima, außer mit ihrem Tick, bei Besprechungen immer Grüntee statt Kaffee bereitzustellen.“ Sandra holte Hanife Ilgec, die sie schon als Polizeischülerin in Lustenau schätzen gelernt hatte, nach Abschluss ihrer Ausbildung nach Dornbirn und spannte sie mit Schorsch in ein Team zusammen. Über seine Bemerkung muss sie lachen.

„Ich habe gerade einen. Willst du eine Tasse?“

„Nein danke“, er hebt abwehrend seine Hände. Sandra wirft einen Blick auf den Bildschirm und öffnet den Kalender.

„Bis Ende der Woche müsste das Auto von der Technik untersucht sein und ein Obduktionsbericht vorliegen. Besprechung Freitag zehn Uhr, alles klar?“

„Gut, auf dem Nachhauseweg verständige ich noch seine Freundin. Kinder hat der Bruno keine. Habe die Ehre, Leutnant!“

Schorsch Walter erhebt sich umständlich, hebt kurz die Hand, einen Gruß andeutend, und vergisst dabei nicht, sich den kalten Virginiastumpen zu schnappen, den er auf einem Aktenschrank abgelegt hat. Sandra öffnet das Fenster, um frische Luft herein zu lassen. Sie wundert sich, Schorsch scheint wirklich jeden zu kennen und auch über die Familienverhältnisse Bescheid zu wissen.

Vorarlberger Tagblatt - Neue Strategie bei höfle der bäcker

Das mit roten Zahlen konfrontierte Unternehmen geht neue Wege. Bei einer Pressekonferenz ließ die Unternehmensleitung vernehmen, wie auf den rückläufigen Umsatz bei feinen

Backwaren reagiert wird: Kundenbefragung, TV-Spots, neuer Internetauftritt mit Rezepten, bedienungsfreundlicherer Onlineshop, App, Food Blog und ein großangelegtes Premium-Preisausschreiben für die Rezeptur eines neuen Hefe-Stollens. Für die Findung dieser Rezeptur wird eine eigene Fernsehshow ins Leben gerufen. Aus den zehn besten Einsendungen wird in einer Art Backschlacht das Siegerrezept ermittelt. Verhandlungen mit Fernsehanstalten, Bloggern und Internet-Designern sind noch abzuwarten. Die Marktführerschaft wolle man sich nicht nehmen lassen. Ein Modernisierungsschub sei sowieso überfällig.

Chaos herrscht in der Innenstadt. Die ganze Nacht war die Feuerwehr im Dauereinsatz. Ein Windsturm hat etliche Bäume entwurzelt und Häuser abgedeckt. Noch schlimmer war jedoch der Großbrand in der *Klostergasse*, der in den frühen Morgenstunden ausgebrochen ist. Aufgrund des anhaltenden Nordwindes musste der gesamte *Schmalzwinkel* evakuiert werden. Jetzt, am späten Vormittag, scheint alles unter Kontrolle. Zu sehen ist nur noch die Brandruine eines einstmals schönen Rheintalhauses, das um 1700 erbaut wurde. Reste der Grundmauern und ein paar verkohlte Balken, die in den Himmel ragen. Die Feuerwehrleute sind noch mit Glutnestern und Sicherungsarbeiten beschäftigt.

„Das alte Holzhaus muss wie Zunder gebrannt haben. Da ist die Feuerwehr chancenlos“, kommentiert Feuersinger den Sachverhalt gelassen. Er steht mit Sandra in sicherer Entfernung auf der anderen Straßenseite vor dem Eissalon.

„Wenigstens war es unbewohnt. Tote gibt es keine“, fasst der Brandermittler knapp das Geschehen, mit seiner makabren Art Dinge zu benennen, zusammen.

Es diente als Schauraum für riesige handgemachte Keramikgefäße für Pflanzen, Potwale, und erst vor ein paar Monaten hat ein wunderschöner, liebevoll eingerichteter Buchladen in dem schönen Haus eröffnet. Sandra war schon öfter dort. Es tut ihr leid, dass es den hier in dieser Art nun nicht mehr gibt.

„Wann kannst du dir das ansehen?“ Sandra macht eine vage Bewegung in Richtung Brandruine.

„So wie das ausschaut erst in ein paar Tagen. Will mir ja nicht die Finger verbrennen“, scherzt Feuersinger, wie üblich.

„Hast du eigentlich schon eine Spur bei den anderen Bränden?“, will Sandra wissen. In den letzten Monaten war es in der Innenstadt zu mehreren großen Bränden gekommen.

„Sei nicht so neugierig. Ihr bekommt noch rechtzeitig genug Arbeit.“

„Wie wäre es mit einem Tee oder Kaffee, ich lade dich ein?“, Sandra lässt nicht locker. Feuersinger nickt.

Sie geben den Feuerwehrleuten kurz Bescheid und gehen flott in Richtung Zentrum. Dabei müssen sie an diesem Mittwoch öfters Marktbesuchern, die mit Trolleys bewaffnet, tratschend zusammenstehen und die Gehsteige blockieren, ausweichen. Auch Evakuierte aus den Nachbarhäusern, mit ihren kleinen Koffern und Rucksäcken, die zurück in ihre Wohnungen dürfen, stehen herum, machen sich wichtig und berichten von den Ängsten, die sie hatten. Worte wie Lebensgefahr, im Feuer umkommen, Hab und Gut verlieren, sind zu hören. Über den *Sparkassenplatz* ist kaum ein Durchkommen. Wegen der für den Verkehr noch gesperrten *Schulgasse* müssen die Autos umständlich zwischen den Fußgängern wenden.

„Willst du nicht den Verkehr regeln?“, stichelt der Brandermittler, beim Bahnen eines Weges durch die Menge. Sandra verdreht nur die Augen. Plötzlich bleibt er stehen.

„Was soll denn das?“, Feuersinger deutet auf den Mauersockel der Stadtpfarrkirche. In großen Lettern ist zu lesen: *Bauen unsere Religion, Geld unser Gott, Flüchtlinge und Bettler unsere Feinde.*

„Erzähl ich dir beim Kaffee.“

Sie steuern über die viel kritisierte Steinwüste, wie der neue Teil der Fußgängerzone am Rande des Kirchenparks von den Dornbirnern bezeichnet wird, das *Marenda* an. Ein Tisch am Rand der Terrasse ist noch frei. Sandra bestellt eine kleine Kanne Grüntee, Feuersinger einen großen Espresso mit einem Schuss Feuerwasser, wie er den Schnaps zum Kaffee nennt.

„Wir haben da in letzter Zeit eine Reihe von Schmierereien", berichtet Sandra. Zwei Kollegen hat sie für die Aufklärung abgestellt. Inhalt und Schrift deuten auf ein und dieselbe Person. Die Parolen richten sich gegen Bauprojekte in der Stadt und für die Erhaltung des Grünraums.

„Sogar gegen den Neubau der Bibliothek wird protestiert. Politischer Kram halt." Sie ist zuversichtlich, dass sie den Schmierfinken erwischen.

„Und?", wechselt Sandra das Thema.

Feuersinger ziert sich etwas, wird dann aber doch gesprächig. Die zwei Brände sind eindeutig gelegt worden. Sie zeigen eine Ähnlichkeit. Worin die besteht, darüber hüllt er sich noch in Schweigen.

„Bin jetzt schon gespannt, was da beim heutigen Brand ans Tageslicht kommt." Er wird sich bei Sandra melden, wenn er die Untersuchungen abgeschlossen hat.

„Vielleicht kann ich euch ein Täterprofil liefern", ist er optimistisch.

„Du kannst gleich loslegen." Im kleinen Besprechungsraum sind Sandra, Hanife, Schorsch und ein weiterer Mitarbeiter versammelt. Einer der Tagesordnungspunkte sieht vor, den Fall Bruno Cimarolli abzuschließen.

„Gibt's keinen Kaffee?", fragt Schorsch unwirsch. Hanife hat für alle Grüntee aufgebrüht.

„Probiere halt einmal", fordert Sandra ihn auf. Sie blickt dabei auf die Uhr und zeigt ihm an, dass er endlich weitermachen soll.

„Also gut, wenn es sein muss“, fügt sich Schorsch, greift zur Brille und den Papieren, die vor ihm liegen.

Bruno Cimarolli, 58 Jahre, langes Vorstrafenregister. Kleinkrimineller: Diebstahl, Hehlerei, Betrug, Dealen, keine Gewalttätigkeiten, zweimal eingesessen. In jungen Jahren kurze Zeit als Profi, Flügelgott, beim *FC Dornbirn*, als die Truppe noch in der obersten Liga spielte.

„Damals war noch etwas los auf der *Birkenwiese*. Ich erinnere mich noch gut an die Schlägerei beim Match gegen den *LASK*“, schwelgt Walter in Erinnerungen. Ein böser Blick von Sandra holt ihn in die Gegenwart zurück.

„Danach: Gelegenheitsarbeiter, Vertretertätigkeit, alte Kundschaft“, beendet er den Bericht.

„Hast du seine Freundin angetroffen“, will Sandra wissen.

„Ja, aber da ist nicht mehr viel gelaufen.“ Schorsch berichtet, dass sie die Todesnachricht gefasst aufgenommen hat. Es sei mit ihm in den letzten Jahren immer schwieriger geworden. Wortkarg, dubiose Freunde, unzuverlässig, fasst er, was von der Frau in Erfahrung zu bringen war, zusammen und ergänzt noch, dass Cimarolli wieder in seine alte, schäbige Wohnung im *Wallenmahd* eingezogen ist.

„Und ja, gesoffen hat er viel“, merkt Schorsch zu den Informationen über den Verunglückten an. Der Obduktionsbericht ist dünn. Es konnte keine Gewalteinwirkung oder Fremdverschulden festgestellt werden. Eine starke Alkoholisierung war gegeben: fast drei Promille.

„Für mich ist es eindeutig, der ist beim Pinkeln ausgerutscht und zu Tode gestürzt“, beharrt Schorsch auf seiner These. Der Kollege vom Journaldienst meldet sich zu Wort.

„Was die Todesursache anbelangt, da hast du vermutlich recht.“ Er berichtet, was ihm bei der Sichtung des Asservats ins Auge gestochen ist.

„Für den Privatgebrauch hast du viele Pillen aus seinem

Handschuhfach gefischt. Eine rigorosere Parkplatzkontrolle rund ums *Conrad Sohm* und den Campingplatz wäre da wieder einmal anzudenken. Vielleicht haben er und seine Freunde gedealt? Das ist jetzt aber nebensächlich. Ich zeig euch was." Der Beamte holt einen USB-Stick aus der Tasche.

„Diese Fotos und zwei kurze Videoclips sind mir auf dem Handy von Bruno Cimarolli aufgefallen. Alles andere ist uninteressant." Die Fotos und Clips waren direkt auf dem Handy gespeichert, um sie auch ohne Internetzugang schnell herzeigen zu können. Für den Beamten also leicht zugänglich.

„Da sieht man doch nichts, lauter verwackeltes Zeug", brummt Schorsch Walter etwas ungehalten.

„Spiel die Sequenz noch einmal ab und gib den Ton dazu." Sandra ist auf etwas aufmerksam geworden.

„Stopp!" Sie steht auf, stellt sich zur Projektionsfläche und fährt mit den Fingern den grau in grau verschwommen Konturen nach.

„Das könnte auf einem Parkplatz sein." Sie glaubt die Ladefläche eines Autos zu erkennen und das beleuchtete Logo einer Raststätten-Kette.

„Das sind eindeutig Autogeräusche und die undeutlich hörbaren Stimmen klingen wie Befehle", bringt sich Hanife ein. Zu ihrem raspelkurzen gelben Haar hat sich in den letzten Wochen ein Tattoo in Form einer Spinne an ihrem Nacken gesellt.

„Gut, das war das Eine. Hier noch ein paar Fotos vom Lada. Auffallend ist, dass die hintere Sitzreihe ausgebaut wurde. Der dadurch größere Laderaum wurde aufwendig mit Dämmmaterial ausgekleidet." Sandra runzelt die Stirn, sie wird stutzig.

„Seine Unterkünfte im *Wallenmahd* und *Rudach* müssen wir uns anschauen", ordnet sie an. Sollte da auch ein Computer auftauchen, könnte das durchaus interessant werden.

„Gibt es sicher, das Handy ist mit einer Cloud vernetzt",

pflichtet der Kollege vom Journaldienst Sandra bei.

„Leutnant, was soll der Aufwand. Ich dachte, wir können den Tod von Cimarolli als Unfall abhaken", bemerkt Schorsch verständnislos.

„Das ja, aber mir dämmert da etwas. Das will ich untersucht wissen." Sandra erinnert sich an das Gespräch mit Friedl am Abend nach der Eröffnungsfeier. Sie gibt sich gegenüber ihren Mitarbeitern bedeckt und bittet Schorsch und Hanife, sich das Umfeld von Bruno Cimarolli anzusehen.

„Freunde, Kontakte, was man so redet. Unauffällig."

Vorarlberger Tagblatt - Brandserie hält Dornbirn im Bann

Das dritte Mal innerhalb eines kurzen Zeitraumes hat es in der Dornbirner Innenstadt gebrannt. Die Feuerwehr musste hilflos zusehen, wie ein altes Holzhaus in der Klostergasse in Flammen aufging. Es war unbewohnt, aber die umliegenden Wohnungen mussten kurzzeitig evakuiert werden. Die Bevölkerung ist verunsichert. Geht ein Brandstifter um, der gezielt alte Rheintalhäuser, die teilweise unter Denkmalschutz stehen, abfackelt?

Der Museumsverein macht sich bereits Sorgen. Ein Vertreter, der nicht genannt werden will, überlegt, in den nächsten Tagen eine Art Feuerwache für schützenswerte historische Gebäude einzurichten. Polizei, Feuerwehr und Brandermittler äußern sich nicht zu den Vorfällen, was den Schluss zulässt, dass die Ermittlungen noch nicht weit fortgeschritten sind. Fest steht auf alle Fälle, dass hier architektonisches Kulturgut unwiederbringlich zerstört ist.

Agathe und Wilma sitzen im sogenannten Damenzimmer der Thurnherschen Villa und klären die organisatorischen Fragen zum Basar. Dabei gibt es viel zu tun. Den Basar, eine Einrichtung der Kongregation, gibt es seit über 150 Jahren. Er dient dazu, Geld für Bedürftige, die in der Stadt leben, aufzutreiben. Er wird jährlich, eine ganze Woche lang, im Sommer abgehalten. Für das zusätzliche neue Sozialprojekt, *Wir teilen*, soll daher heuer ein Rekordergebnis erwirtschaftet werden. Der Kaplan hat ein Dorf in Afrika, irgendwo in Nigeria, ausfindig gemacht, das unterstützt werden soll.

Bei der Tauschbörse wird mitgeschnitten, Basteleien werden feilgeboten, Geschäftsleute und Künstler stellen sich in den Dienst für die Tombola. Das Herzstück des Basars ist aber der Verkauf eines Hefe-Stollens, nach einem uralten, geheimen Rezept. Von Nah und Fern gehen übers Jahr bereits Bestellungen ein. Die Leute holen dann in der Woche des Basars die Ware ab.

„Wir könnten ja einen Onlineshop für die auswärtigen Kunden einrichten", stellt Agathe ihre Überlegung in den Raum.

„Sicher nicht." Wilma will viele Kundschaften vor Ort haben.

„Die kaufen ja auch noch andere Produkte." Ihr beiläufiges Gespräch versiegt. Konzentriert gehen sie die Liste durch, wer in der Backstube, die auch bei Agathe im Haus untergebracht ist, zu Werke sein wird. Einkaufslisten für die Zutaten werden erstellt, durchgerechnet und mehrmals geprüft.

„Nicht, dass wir zu viel Butter, wie voriges Jahr, einkaufen", erinnert Agathe an den Fehler, der ihren Gewinn geschmälert hat.

„Das passiert uns kein zweites Mal." Sie gehen die Rezeptur des Hefeteigs durch.

„Du machst doch sicher noch eine Einschulung für die, die zum ersten Mal dabei sind?", will Wilma wissen.

„Nicht nur für die, ich habe heuer alle dazu verpflichtet. Das spart uns Diskussionen und einige sind ja schon recht vergesslich", meint Agathe und rückt ihre Brille wieder von der Stirn auf die Nase.

„Die Zusammenstellung der Füllung übernehme ich dann

wieder ganz allein." Um die Rezeptur geheimzuhalten, wird die Füllung nur von der jeweiligen Obfrau der Kongregation gemischt. So wird es seit der Gründung gehalten und so soll es auch in Zukunft bleiben. Gute katholische Tradition.

„Hast du das vom *höfle der bäcker* schon gehört?", plaudert Agathe, nachdem sie die Arbeit beendet haben und beim Kaffee sitzen, munter drauflos.

„Dass das Geschäft schlecht geht?"

„Nein, das meine ich nicht." Agathe erzählt begeistert vom Premium-Preisausschreiben und der Backschlacht im Fernsehen.

„Stell dir vor, da kann man so viel gewinnen, wie wir mit unserem Stollenverkauf einnehmen wollen und im Fernsehen wäre man auch." Sie kramt in ihrer Handtasche nach dem Folder, der die Aktion bewirbt, und liest Wilma die Details vor.

„Komm mir ja nicht damit, dass wir da mitmachen sollen." Wilma braust erzürnt auf.

„Nie und nimmer, unser Rezept kommt nicht an die Öffentlichkeit." Nicht einmal in einer abgewandelten Form.

„Ich sehe das anders. Es wäre Werbung und vielleicht ein Riesengewinn für die Kongregation. Wir wären in aller Munde", argumentiert Agathe. Wilma schüttelt energisch den Kopf.

„Tickt es dir nicht mehr richtig", vergreift sie sich im Ton.

Sie wirft Agathe vor geldgierig zu sein und belehrt sie, dass Habsucht eine Todsünde sei. Sie erinnert sie dabei an die Pflichten der Mitglieder der Kongregation und fordert Agathe auf, in sich zu gehen und sich zu mäßigen. Diese reagiert verschnupft und will den Vorwurf nicht auf sich sitzen lassen. Gerade ihr das vorzuwerfen, wo sie doch vermutlich die Einzige ist, die voll und ganz die Regeln der Kongregation verinnerlicht hat, findet sie unverschämt. Kurz kämpft sie mit sich, es Wilma mit gleicher Münze heimzuzahlen. Des lieben Friedens willen verzichtet sie aber auf eine schlagfertige Antwort. Denkt sich dabei aber, Hochmut, immerhin auch eine Todsünde und die erste in der Aufzählung, kommt sicher vor dem Fall. Mit einem gemeinsamen Gebet beschließen sie ihre Arbeitssitzung.

Du Zuflucht der Sünderinnen, bitte für uns!

Vor Agathe muss man sich in Acht nehmen, geht es Wilma durch den Kopf, nachdem diese nach Hause gegangen ist. Irgendetwas geht von dieser Frau aus. Sie kann es aber nicht benennen. Vielleicht ist es der ledige Unwille von Agathe, den sie spürt.

„Danke, turbulent geht es zu." Sandra telefoniert mit Friedl. Sie berichtet ihm von den Bildern, Videoclips und dem umgebauten Lada.

„Das könnte ein Puzzleteil zu dem sein, was du mir unlängst erzählt hast."

„Hm, du meinst, wir sollen die Ermittlungen wieder anstoßen?" Friedl klingt nicht begeistert.

„Ich denke schon", meint Sandra sehr bestimmt.

„Die Akten liegen bei der Kriminalpolizei in Bregenz, wir in Lustenau haben damals nicht ermittelt."

„Ich weiß, ich war ja dabei", ungeduldig wickelt sie mit dem Zeigefinger der rechten Hand weitere Locken in ihren roten Wuschelkopf. Sandra steht in ihrem Büro und schaut während des Telefonats den ankommenden und abfahrenden Zügen zu. Irgendwie wirkt das beruhigend auf sie. Friedl ist heute sehr umständlich.

Sie einigen sich darauf, dass Friedl die Unterlagen zu den toten Afrikanern, die bei der aufwendigen Suche nach dem Täter, bei ihrem letzten gemeinsamen Fall in Lustenau, bei der Entsorgungsanlage zufällig entdeckt wurden, anfordert. Diese Sache liegt über zwei Jahre zurück. Sie wurde nie aufgeklärt, ein *Cold Case*.

„Die Besprechung bei uns in Dornbirn, Tschüss und lass mir Hilde grüßen", verabschiedet sich Sandra.

Vorsichtig fährt er auf der schmalen Schotterstraße hinter dem *Berghof Fetz* an der Kapelle vorbei, in Richtung ihres Landsitzes, wie sein Bruder Franz das Haus im nordischen Stil nennt. Es wurde vom Großvater errichtet und sorgte damals für viel Gesprächsstoff. Passt nicht aufs *Bödele*, so der Tenor der Alteingesessenen.

Bei Ritas seltenen Besuchen im Ländle nutzt sie immer das Haus als ihren Wohnort. Es wird sonst von keinen Familienmitgliedern beansprucht. Sie erwartet ihn schon beim Gatter.

„Komm rein, soll ich Kaffee machen? Du trinkst doch sicher welchen?" Sie nehmen vor dem offenen Kamin auf alten gediegenen Ledersesseln, im rustikal eingerichteten Wohnzimmer, Platz. Rita erzählt von Wien und ihren Designs für große Modehäuser. Ihre Kollektionen werden von Jahr zu Jahr besser angenommen. Sie arbeitet daran, dass sie in absehbarer Zeit auch in England und Amerika präsent sein wird. Sie kommt ins Schwärmen über ihre Arbeit, bricht aber das Thema abrupt ab.

„Genug vom mir erzählt. Wie geht es euch da im Ländle und wieso wurde ich herzitiert? Was will Franz? Dich hat er ja sicher nur vorgeschickt", bemerkt sie schnippisch.

Ihre anfängliche Nähe und Herzlichkeit gegenüber dem jüngeren Bruder fallen plötzlich ins Distanzierte. Das war zu erwarten. Rita ist sprunghaft. Er schildert kurz, wie es um die Firma steht. Etwas umständlich bringt er die Aufgaben der Familienmitglieder im neuen Werbekonzept des Unternehmens vor.

„Wir sollen in einem Werbespot gemeinsam auftreten und bei der einen oder anderen Backschlacht im Fernsehen dabei sein."

Kaum hat er das Anliegen formuliert, steht Rita auf und geht zum Herrgottswinkel, öffnet den unter dem Kruzifix angebrachten Wandschrank, holt den Subirer und zwei Gläser heraus. Sie knallt die Gläser auf den Tisch und schenkt ein.

„So, kleiner Bruder, jetzt erzähle ich dir was." Was er nun zu hören bekommt, ist die Familiengeschichte, die er in dieser Version bisher nicht kannte.

„Als Nachzügler, aus der zweiten Ehe unseres Vaters, hast du das alles nicht mitgekriegt. Du warst damals ein Kind. Franz, das Schwein, hat dir später vermutlich nur seine Sicht dargelegt." In der Rita lebensuntüchtig und als die versponnene Künstlerin dasteht. Es hat schon seine Gründe, warum sie so selten nach Dornbirn kommt. Eigentlich wollte sie ausbezahlt werden, als Franz die Firma übernommen hat und sich in Wien selbstständig machen.

„Er hat nur selten und unregelmäßig etwas überwiesen." Erst nach vielen Jahren und einem teuren Rechtsstreit ist es zu der heute noch gültigen Regelung gekommen.

„Das Unternehmen wirft viel mehr ab. Er speist uns mit einem Apfel und einem Ei ab. Du mit deiner Genügsamkeit gießt auch noch Wasser auf seine Mühlen." Als geübter Zuhörer lässt Ritas Bruder diese Aussage unkommentiert stehen, denkt sich aber seinen Teil. Immerhin enthält sie für ihn einen gewissen Informationswert. Rita fordert ihn auf, sich an seinen kurzfristigen Aufstand gegen seinen Bruder und den Eintritt ins Geschäft zu erinnern.

„Damals, als du noch grün hinter den Ohren warst. Er hat dir doch vom ersten Tag an das Fell über die Ohren gezogen. Kein Wunder, dass du das Handtuch geworfen hast und auf die Schauspielschule gegangen bist."

Sie aber wollte groß investieren. Dazu hatte es hinten und vorne nicht gereicht. Darum seien auch ihre großen Träume zerplatzt, weil sie nicht genug Kapital hatte. Erst jetzt im Alter hat sie es geschafft. Von Glas zu Glas verfällt sie mehr und mehr in eine Endlosschleife an Vorwürfen gegen ihn und Franz. Eine verhärmte Frau. So kannte er sie bisher nicht.

„Ihr beide könnt mir den Buckel runterrutschen", weist sie

ihm, mit leichtem Zungenschlag, schlussendlich die Tür. Den Misserfolg seiner diplomatischen Mission in Sachen Familie würde er alsbald seinem Bruder mitteilen müssen. Bei diesem Wetter ist ihm dann aber ein Spaziergang rund um den *Bödelesee* lieber. Mit einer weiteren Schale Kaffee und einem Stück Kuchen auf der Terrasse des *Berghof Fetz* will er die unerfreuliche Begegnung mit seiner Halbschwester ausblenden. Das Gehörte ordnet er dennoch seinem bisherigen Wissen zu und zieht Schlüsse draus.

#3

Friedl nimmt das Fahrrad, um von Lustenau nach Dornbirn zu kommen, so kann er dem Stau auf der Schnellstraße ausweichen und ist erheblich flotter unterwegs. Er trifft pünktlich zur Besprechung bei Sandra im Büro ein. Auf der Fahrt ist ihm die starke Polizeipräsenz rund um den *Messepark* aufgefallen.

„Was ist da bei euch los?“, will er nach einer herzlichen Begrüßung gleich wissen.

„Nimm doch zuerst einmal Platz. Grüntee ist frisch aufgebrüht, du willst sicher welchen?“ Sandra schenkt ihm einen Becher ein, währenddessen beantwortet sie Friedls Frage.

„Angeblich ein Mann, der Jugendliche im Bereich der Toiletten des Einkaufszentrums belästigt hat.“ Sie haben ihn schon. Sie berichtet von einer Serie solcher Vorkommnisse an unterschiedlichen Orten und hofft, dass es sich um ein und denselben Mann handelt.

„Dann wäre wieder eine Zeit lang Ruhe.“

„Hast du die Unterlagen zu den toten Afrikanern dabei?“, wechselt sie das Thema. Friedl lehnt sich auf dem Stuhl zurück und schaut auf die Uhr.

„Unser Mitarbeiter kommt in fünf Minuten mit dem Zug.“ Er erzählt ihr von seinem Anruf beim Landeskriminalamt in Bregenz. Wie erwartet, sei alles etwas kompliziert. Friedl bereitet Sandra auf das Eintreffen von Hippolyt Deuring vor.

„Eigenbrötlerisch, Innendienstler, IT-Genie. Der sitzt auf den ungelösten Fällen und gibt sie nicht so gern raus.“

Es klopft an der Tür. Ein stämmiger Mann in Zivilkleidung, deren Farben von Hemd und Hose absolut nicht zusammenpassen, mit Holzschuhen an den Füßen, betritt langsam das Büro und stellt sich vor. Hippolyt Deuring wirkt auf Sandra im ersten Moment irgendwie eigenartig, schüchtern und distanziert. Als ob er in einer anderen Welt zu Hause sei. Er vermeidet den Kontakt bei der Begrüßung und gibt niemandem die Hand. Als sie sich an den Besprechungstisch setzen, bittet er darum, dass die Jalousien etwas heruntergelassen werden. Das Tageslicht irritiere ihn.

„Was wissen oder vermuten wir?", eröffnet Deuring mit scharrender Stimme das Gespräch. Dabei schaut er seine Kollegen nicht an. Friedl, der ihn schon bei einem früheren Fall erlebt hat, ignoriert den unhöflich wirkenden Ton und geht gleich sachlich auf die Fragestellung ein.

„Wir vermuten eher etwas, das sollte geklärt werden", Friedl holt zu einem längeren Bericht aus.

Vor zwei Monaten fand ein internationaler Mannschaftswettbewerb für Turnerinnen in Lustenau statt. Ein schwarzafrikanisches 15-jähriges Mädchen startete für ein Team aus Brixen. Das Mädchen war für mehrere Tage bei einer Lustenauer Familie untergebracht. Dort kam ihre Herkunft zur Sprache. Sie erzählte von der Flucht mit ihren Eltern aus Somalia.

Ifra Faduma kam vor gut drei Jahren mit ihren Eltern und einem Bruder des Vaters über das Mittelmeer. In Süditalien gingen sie illegal an Land. In ihrer Heimat war ihr Vater als Geschäftsmann tätig, der Onkel verdiente gutes Geld am Bau. Sie konnten den Schleppern Geld anbieten. Ihr Ziel war, irgendwo im Westen Österreichs unterzukommen. Sie hatten Kontakt zu Landsleuten, die hier schon länger leben. In einem Kleinbus schafften sie es bis Norditalien. Dort mussten sie sich bei Nacht und Nebel auf einem Parkplatz einer neuen Schleppergruppe anschließen. Brutale Kerle, keine Italiener. Beim Hineinzwängen von zu vielen Menschen in viel zu kleine Fahrzeuge wurde die Familie auseinandergerissen. Ihre Mutter und sie verloren Vater und Onkel aus den Augen. Die Männer wurden in einen anderen Wagen verfrachtet. Ausgemachtes Ziel der Reise wäre Bregenz gewesen.

Aber Ifra und ihre Mutter wurden bei Brixen aufgegriffen.

Die Schlepper bekamen Wind von einer großräumig angelegten Kontrolle und ließen sie einfach auf dem Pannenstreifen der Autobahn zurück. Vom Vater und Onkel hörten sie nie wieder etwas.

Kurze Zeit lebte sie mit ihrer Mutter in einem Lager. Deutsch zu lernen fiel beiden nicht schwer. Die Mutter bekam eine Anstellung in einem Pflegeheim. Ifra wurde in einer Schule aufgenommen und begann, in einem Sportverein zu trainieren. Nach einiger Zeit stellten sie unter Landsleuten Fragen nach Vater und Onkel ein. Ergebnislos, auch die Behörden unternahmen nichts.

„Könnte es sein, dass die toten Afrikaner von der Entsorgungsanlage Vater und Onkel von Ifra sind?", fragt Friedl.

„Lässt sich das irgendwie klären?"

Deuring fixiert einen imaginären Punkt auf der Tischplatte. Friedl deutet Sandra ruhig zu bleiben. Unvermittelt beginnt Deuring zu reden.

„Wir haben die DNA der beiden Afrikaner analysiert, bevor sie kremiert und begraben wurden. Es sind Brüder."

Wortlos steht Sandra auf und schaltet den Beamer ein. Sie hat sich mittlerweile an das eigenartige Verhalten von Hippolyt Deuring gewöhnt. Sie zeigt die Bilder von Cimarollis Lada und die beiden kurzen Videosequenzen. Dabei erläutert sie, was sie in den kurzen Filmen, zu sehen meint. Wiederum eine Pause.

„Könnte was mit Darknet-Kriminalität zu tun haben. Das muss ich mir genauer anschauen", schnarrt Deuring. Plötzlich wirkt er wie elektrisiert.

„Liege ich beim Lada richtig, wenn ich den als mögliches Schlepperfahrzeug einstufe?", fragt Sandra. Deuring nickt. Irgendwas hat das Eis zum Schmelzen gebracht. Deuring wird zwar nicht besonders gesprächig, aber die losen Fäden scheinen ihn zu interessieren. Ohne viele Worte verständigen sie sich darauf, der Sache auf den Grund zu gehen.

„Friedl, du übernimmst das. Immerhin hat man die Toten in Lustenau gefunden“, schlägt Sandra vor.

„Das Handy von Cimarolli und den Computer, falls man einen findet, brauche ich für meine Analysen.“ Deuring versichert, dass er tief ins Internet eintauchen werde. Sandras Datenstick steckt er einfach ein.

„Aus der Videosequenz kann man allerhand herausholen. Übrigens, ich bin der Hippolyt, alle nennen mich aber Hippo“, taut Deuring gegen Ende der Besprechung nun ganz auf.

„Haben wir eine Kontaktadresse von dem Mädchen?“, will Sandra noch wissen. Friedl blättert in seinen Unterlagen.

„Ja, habe ich hier.“

„Dann sollten wir als Erstes zu der DNA von Ifra kommen, was meinst du?“, wendet sich Sandra an Friedl. Hippo kramt in seiner Tasche und schiebt Friedl das dünne Dossier zu den zwei Toten, die bei der Entsorgungsanlage gefunden wurden, zu.

„Schorsch Walter und Hanife, kann ich die beiden ....?“

„Selbstverständlich, auf unsere Teamarbeit!“ Sandra hebt den Teebecher in die Höhe.

„Ich melde mich dann“, Hippolyt Deuring steht auf und geht. Nachdem die Tür hinter ihm ins Schloss fällt, ist es still im Büro. Friedl und Sandra denken schweigend über das kurze Gespräch nach.

„Autist?“, bricht Sandra als Erste das Schweigen.

„Ja, etwas gewöhnungsbedürftig, aber ausgezeichnet am Computer und im Internet.“

Vorarlberger Tagblatt - Angriff auf die Grünzone durch höfle der bäcker

Obwohl die Umsatzzahlen rückläufig sind, will höfle der bäcker in nächster Zeit seinen Betrieb erweitern. Die Pläne wurden auf einer kurzfristig einberufenen Pressekonferenz bekannt gegeben. Nach den Vorstellungen des Unternehmens soll die Verwaltungszentrale von der Produktionsstätte getrennt werden, um diese erweitern zu können. Gesucht wird nach einem Baugrund im Stadtgebiet für eine neue Verwaltungszentrale. Sollte aufgrund der Bodenknappheit keine Lösung gefunden werden, droht die Unternehmensleitung ein komplett neues Werk in der Grünzone am Stadtrand zu errichten. Die Flächen sind seit Jahrzehnten im Besitz des Unternehmens und werden derzeit noch landwirtschaftlich genutzt. Der Stadtrat für Bauangelegenheiten bezieht dazu klar Stellung: „Wir werden die Bemühungen, einen Baugrund im Stadtgebiet zu finden, voll unterstützen. Mit Änderungsabsichten in der Grünzone lassen wir uns aber nicht erpressen."

Im lokalen Shopping-TV läuft das Semifinale der Backschlacht von *höfle der bäcker*. Wilma hat sich in den letzten Tagen einige Folgen angeschaut. Lächerlich, was da an Rezepten geboten wird und womit Möchtegern-Backkünstlerinnen angeben. Die Talkeinlagen findet sind ja ganz nett: Infos zum Familienunternehmen, Wirtschaftsstandort und der Tradition des Backens.

Gut hat ihr Rita, die Schwester des Unternehmers, gefallen. Die Modedesignerin scheint einen eigenwilligen Karriereweg gegangen zu sein. Die Stücke, die sie kreiert hat, gefallen ihr. Eigenartig, dass der jüngere Bruder des Unternehmers in den Sendungen nur am Rande vorgekommen ist. Womöglich schwelt da ein verdeckter Familienzwist. Soll es ja geben.

Plötzlich horcht sie auf, der Moderator kündigt ein weiteres Rezept an, das spät und anonym eingereicht wurde. Über den Inhalt lässt er nichts verlauten. Es sei noch zu klären, wie mit diesem unvorhergesehenen Beitrag umzugehen ist.

Wilma hat keine Zeit mehr, der Sendung weiter zu folgen. Sie ist allein zu Haus, ihr Mann ist geschäftlich in Hongkong und wird dort noch eine Zeit lang bleiben. Die Kinder sind auf irgendwelchen Schulveranstaltungen: Kultur und Sport.

Heute ist der erste große Backtag für den Basar in Agathes Stadel. Die Frauen der Kongregation haben sich viel vorgenommen, die Stückzahlen der letzten Jahre wollen sie übertreffen. So ist sie schon in aller Herrgottsfrühe aufgestanden, um die Füllung für die Hefe-Stollen vorzubereiten. Schwungvoll hantiert sie mit Messbecher, Waage und diversen Küchengeräten. Laut surrt, klappert und klirrt es in der Küche, die als Arbeitsplatz für so große Mengen kaum mehr ausreicht. Die fertigen Portionen stapelt sie gleich im Eingangsbereich der Villa. Von dort ist der Weg zur Garage, um sie ins Auto zu verfrachten, nicht mehr so weit. Bis Mittag muss sie fertig sein. Bei der Arbeit überkommt sie ein Hochgefühl. Es ist schon spannend, mit dieser alten geheimen Rezeptur zu arbeiten.

Sie vermengt jeweils 50 g weiche Butter mit 50 g Zucker und Zimt, gibt 125 g Sultaninen und 75 g Korinthen bei. Dazu kommen noch 50 g feingewiegte Mandeln. Wichtig ist, dass die Füllung gut durchgerührt wird. Die 50 g grobgehackter Mandeln zum Bestreuen portioniert sie gesondert.

Wilma schafft es, rechtzeitig fertig zu werden. Es bleibt ihr noch etwas Zeit, um sich umzuziehen und frisch zu machen, bevor sie sich mit dem vollbeladenen Auto auf den Weg zu Agathe macht.

„Wir können gleich starten“, Agathe umarmt Wilma herzlich. Diese wundert sich darüber.

Die Frauen der Kongregation sind mit Schürzen und Hauben bekleidet und an den eigens für die Backtage eingerichteten Arbeitsplätzen versammelt. Über die Jahre haben sie einen ausgeklügelten Stationenbetrieb entwickelt, der ihnen ein rasches Arbeiten ermöglicht. Aus der Wärmekammer holen sie die schon gut aufgegangenen, vorbereiteten Teigstücke. Den ganzen Vormittag haben sie damit zugebracht, den Hefeteig zu rühren, zu kneten und ruhen zu lassen.

Jeweils 750 g Mehl mit 150 g Butter und 100 g Zucker sowie 30 g Hefe, ein Ei, die abgeriebene Schale einer halben Zitrone und gut ein Viertelliter Milch werden pro Stollen verarbeitet.

Eine Herausforderung ist das Ausrollen des Teigs zu einem dünnen länglichen Stück, das mit Butter bestrichen wird. Danach kommt die Füllung darauf und das Ganze wird zusammengerollt. Agathe überwacht dabei akribisch, dass alle Stücke gleich groß sind. Die Rolle wird dann in der Mitte der Länge nach auseinandergeschnitten. Im nächsten Schritt werden beide Teile zu einem Kranz mit der angeschnittenen Seite nach oben verschlungen. Das erfordert viel Geschick. Auf diesen Arbeitsgang hat Wilma ein besonderes Auge. Alle Stollen sollen ja gleich ausschauen. Da und dort muss sie eingreifen und helfen.

Nochmals wird die Masse aus Teig und Füllung warmgestellt. Danach mit Eigelb bestrichen, mit den grob gehackten Mandeln bestreut und auf ein gefettetes Backblech gegeben. Die Frauen in der Backstube, die an den Stadel angrenzt, übernehmen die Bleche und backen bei mittlerer Hitze die Stollen. Über die Backstube hatten sie schon etliche Diskussionen. Agathe will, dass sie renoviert wird und die alten Gasöfen durch moderne, elektrische ersetzt werden. Aber die Bäckerinnen schwören darauf, dass die Stollen nur in mit Gas geheizten Öfen so gut gelingen. Noch warm werden sie mit Puderzuckerlösung glaciert und in einem Regal gestapelt.

Müde, aber glücklich nach dem langen Arbeitstag, sitzen die Frauen der Kongregation bei Bier und Leberkäse von der *Metzgerei Fontain*, noch etwas zusammen. Anfangs tauschen sie sich noch über die nächsten Aktivitäten aus, reden dann über Kinder und Erziehung. Nach dem zweiten *Mohren-Pfiff* geht es endlich um Klatsch und Tratsch, nach dem Motto: Man sagt ja nichts, man redet bloß. Da kommen einige groß in Fahrt.

Agathe stößt nicht nur der Kartoffelsalat mit Gurken auf,

auch die letzte Besprechung mit Wilma rumort noch in ihr.

„Gut steht dir das Kleid, das ich unlängst bei einem noblen Modegeschäft in der Innenstadt in der Auslage gesehen habe. Der Preis aber…?“, lässt sie den Satz, etwas lauter gesprochen als notwendig, absichtlich in der Luft hängen. Wilma errötet und setzt zu einer Rechtfertigung an.

„Ist nicht von dem.“ Sie erzählt, mit leicht dramatischem Unterton, dass sie kürzlich eine Wallfahrt nach Wigratsbad unternommen hat. Dabei hat sie plötzlich das Gefühl, dass alle am Tisch die Ohren spitzen, obwohl die Gespräche ganz normal weiterplätschern.

„Das Leben ist nicht so einfach, wie es scheint“, hält sie sich bedeckt und ärgert sich über Agathe, die durch die hinterfotzige Frage an ihrem tadellosen Ruf als Obfrau, zu dem von den Mitgliedern eine gewisse Bescheidenheit gefordert wird, eben gekratzt hat.

„Ja, und danach einen kurzen Abstecher ins Allgäu-Outlet nach Sonthofen. Ein Schnäppchen“, biegt sie das für sie unangenehme Gespräch hin.

„Ja, ja du verstehst es gut, das Nützliche mit dem Praktischen zu verbinden“, wirft Agathe etwas schnippisch ein. Auf die Frage, ob sie wohl den Ausflug allein gemacht hat, verzichtet sie dann.

„Lasst uns den langen Arbeitstag mit einem Lied beenden“, lenkt Wilma, des berechnenden Geplänkels überdrüssig, die Unterhaltung gezielt in eine andere Richtung. *Meerstern, ich dich grüße, o Maria hilf uns allen aus unsrer tiefen Not*, hallt es mehrstimmig durch Agathes Stadel.

„Wie schaust denn du aus?“, fragt Sandra. Der Kopf rot, die Äderchen seiner Knollennase deutlich sichtbar, Kratzer auf der Stirn. Im Wasserglas, das er in Händen hält, blubbert eine Kopfwehtablette.

„War halt eine lange Nacht", grummelt er vor sich hin.

„Dein Privatleben geht mich nichts an, aber wie kommst du dazu, eigenmächtig in deiner Freizeit junge Kollegen anzustiften, eine Schwerpunktkontrolle durchzuführen." Sandra ist fuchsteufelswild und setzt an, dem Faktotum Schorsch Walter wieder einmal ordentlich die Leviten zu lesen. Dazu kommt es aber nicht. Schorsch leert das Glas in einem Zug, setzt sich aufrecht hin und donnert mit seiner lauten Stimme los.

„Herrgottzack! Leutnant, jetzt lass mich doch auch einmal reden." Bei diesem emotionalen Aufbäumen gegen die Chefin ist ihm fast der Virginiastumpen aus dem Mundwinkel gefallen.

Mit Hanife hat er in den letzten Tagen die Unterkünfte von Cimarolli im *Wallenmahd* und im *Rudach* in Augenschein genommen, zwei Laptops sichergestellt und sich bei den Nachbarn etwas erkundigt.

„Die Wohnung besteht aus zwei kleinen Zimmern, karg und halbwegs aufgeräumt." Von der Hütte im *Rudach* erzählt Schorsch begeistert.

„Das wäre auch mein Ding", meint er dazu. Klein, windschiefes Ofenrohr, ein Raum zum Übernachten, kleiner Garten mit Sitzmöbeln, Grillgelegenheit, alt. Ein idealer Ort, um im Sommer bis tief in die Nacht mit Freunden zusammenzusitzen oder aber auch, um einfach abzutauchen, wenn man seine Ruhe will.

„Da kannst du die Freiheit mit dem Berg im Rücken noch spüren", kommt er geradezu ins Schwärmen. Bei den Durchsuchungen ist nichts Besonderes ans Tageslicht gekommen.

So hat er sich gedacht, wie es wäre, wenn er sich wieder einmal nach langer Zeit in die Szene begäbe, als Privatperson quasi. Er gibt zu, dass ihm diese Idee Spaß bereitet hat. Ein spitzbübisches Grinsen huscht über sein Gesicht.

„Halt wie in jungen Jahren."

„Mach's nicht so spannend."

„Willst du es jetzt wissen oder nicht?", die patzige Antwort. Sandra beschließt, ruhig zu bleiben und fordert ihn mit einem Lächeln auf, weiter zu erzählen.

„Also gut."

Schorsch ist am späten Nachmittag seines dienstfreien Tages ins *Gütle* gefahren und nahm den kurzen Fußmarsch zum *Rappenlochstadl* auf sich. Im Gastgarten traf er, wie erwartet, die Üblichen: Mitschüler, Bekannte aus diversen Vereinen und stadtbekannte Nummern. Einige von ihnen sind arbeitslos, als Kleinunternehmer im Konkurs oder schon in Rente. Man begrüßte ihn, bot ihm an, Platz zu nehmen und betrachtete ihn als einen der Ihren. Dass er noch aktiv im Polizeidienst ist, verschwieg er. Man kam ins Reden. Der tragische Tod vom Cimarolli ist einigen stark an die Nieren gegangen.

„Ich bin ein aufmerksamer Zuhörer und höre auch das nicht Gesagte", bemerkt er beiläufig.

Nach dem fünften Bier hört er auch noch das Gras wachsen, denkt sich Sandra.

„Da gibt es Verbindungen, Geld, Reisen, Autos. Mindestrentner, Arbeitslose fliegen nicht auf die Malediven."

„Und weiter", fordert ihn Sandra auf. Sie hat dabei ein ungutes Gefühl. Das ist keine saubere Ermittlungsarbeit.

„Um sechs Uhr warfen sie uns aus dem Stadl hinaus." Da ist dann der harte Kern weitergezogen. Zuerst zum *Campingplatz in der Enz*, eine Art Zwischenstopp, um dort im schattigen Gastgarten einen ordentlichen Jass zu klopfen.

„Irgendwie muss ja ausgehandelt werden, wer die Runden zahlt." Als der Regen einsetzte, wechselten sie in die *Gastwirtschaft zum Max Danner*.

„Liegt ja am Weg."

Fünf, sechs Männer waren es noch. Freude hatte die Wirtin mit den angetrunkenen Kerlen keine. Es war aber nichts los und die laute Gesellschaft störte niemanden. Da kam ihm dann der Gedanke mit der Fahrzeugkontrolle. Mit wenig Aufwand wäre die ganze Gesellschaft protokolliert, inklusive Automarken und Promillestand.

„Schön hinterfotzig", bemerkt Sandra. Sie ist nach wie vor verärgert über die Eigenmächtigkeit, die sich Schorsch Walter da erlaubt hat und bringt das auch zum Ausdruck.

„Du hast dich wie ein Spitzel verhalten", wirft sie ihm vor.

„Verdeckte Ermittlung", schwächt Schorsch ab und meint, „für die weitere Aufarbeitung kannst du ja vielleicht Hanife..." So sein Versuch sich aus dem Schlamassel herauszureden.

„Na klar! Die Suffkollegen in die Pfanne hauen und dann darf Hanife deren Ärger über die Polizei ausbaden. Dir tickt es doch wohl nicht mehr richtig", faucht ihn Sandra an und bläst sich dabei eine Locke aus der Stirn.

„Wo hast du eigentlich die Schrammen im Gesicht her?", will sie etwas versöhnlicher wissen.

„Die Brombeerhecke in meinem Garten wuchert schon über den Eingang zum Haus." Schorsch ist froh über den Themenwechsel und berichtet noch kurz über die Laptops vom Cimarolli, dass diese bereits bei diesem verrückten Typen beim Landeskriminalamt in Bregenz sind. Dabei tippt er sich an die Stirn. Sandra verdreht die Augen.

„Du lernst es wohl nie. Menschen mit Autismus-Syndrom oder Inselbegabung heißt das", die Bemerkung, „du Trampel" verkneift sie sich. Walter merkt, dass er gehen soll.

„Habe die Ehre, Leutnant", ächzend erhebt er sich aus dem Besucherstuhl und lässt den Virginiastumpen von einem Mundwinkel zum anderen rollen.

„Kommt nie wieder vor", versichert er beim Hinausgehen. Ab und zu kostet einen der Alte wirklich die letzten Nerven. Um sich zu entspannen steht sie auf, öffnet das Fenster, macht Atemübungen und schaut den Zügen zu.

„Eindeutig Brandstiftung", Feuersinger sitzt bei Sandra im Büro. Er hat die Untersuchungen zu den drei Bränden abgeschlossen.

„Hast du Konkretes?" Es hat etwas gedauert, aber der Sache auf den Grund zu gehen, hat sich gelohnt. Die Brände *Mozartstraße, Schillerstraße und Klostergasse* fallen alle unter die gleichen Kriterien: Holzbauten, unbewohnt, beste Grundstückslage.

„Da war jemand mit System dahinter."

„Und?" Feuersinger macht es wieder einmal spannend.

„Die Vorgehensweise ist jeweils die Gleiche. Der oder die Brandstifter haben das Objekt gut ausbaldowert." Es wurden, je nach Größe, mehrere Brandsätze angebracht. Nicht zufällig, sondern immer an für die Statik relevanten Orten, im untersten Geschoß.

„Das heißt, der Täter kennt sich am Bau gut aus?"

„Ja, mindestens Baupolier oder Bautechniker. Da es sich durchwegs um Holzhäuser handelt, könnte vielleicht auch ein Zimmermann im Spiel sein", beantwortet Feuersinger die Frage.

„Das ist aber noch nicht alles." Die Brandsätze wurden elektronisch gezündet, vermutlich mittels eines Handys.

„Muss ich mir das wie App-gesteuerte Gadgets vorstellen?"

„So in etwa."

„Das bedeutet, wir haben es mit einem Technikfreak zu tun."

„Das auch. Aufgrund der Chemikalien in den Brandsätzen, die verwendet wurden, würde ich das Profil auch noch auf Pyrotechniker, Sprengmeister, Feuerwehrmann ausweiten." Feuersinger spricht von Insiderwissen, das da angewendet wurde.

„Habe ich dir nicht zu viel versprochen? Der nächste Kaffeehausbesuch geht auf meine Rechnung", gibt sich Feuersinger großzügig.

„Wollte man in der *Schillerstraße* nicht ein Museum für den

Maler Edmund Kalb, der dort wohnte, einrichten?“, will er noch wissen. Sandra kann ihm nur vage Auskunft geben. Es gibt da eine Initiative. Man hat aber schon lange nichts mehr gehört. Seinen Garten hat man wenigstens halbwegs ursprünglich erhalten.

„*Wer ehrle denkt und handlat recht der kunt zu nünt und goht ihm schlecht*“, zitiert Feuersinger einen Sinnspruch, den er bei seinen Untersuchungen, unterhalb des Giebels des Hauses in der *Schillerstraße*, entdeckt hat. Es gibt ihn leider nur noch auf alten Bildern.

„Der Mann war wohl seiner Zeit weit voraus“, meint er lakonisch.

„Zurück zu unserem Brandstifter. Das Profil steht, da können wir uns an die Arbeit machen. Verwertbare Spuren, die uns in irgendeine Richtung weisen?“

Feuersinger schüttelt den Kopf. Beide sind nachdenklich. Sandra stellt sich ans Fenster und schaut auf die Bahnsteige. Bei dem Gewusel, das sie sieht, kommt ihr ein Gedanke. Sie dreht sich zu Feuersinger.

„Könnte unser Brandleger etwa gekauft sein. Ich denke da in Richtung Bodenspekulation.“

„Damit könntest du recht haben. Das wäre zumindest ein schlüssiges Motiv.“ Etliche Betriebe drücken mit ihren Erweiterungsplänen auf den spärlichen Grünraum. Mit den nun freien Grundstücken kommt etwas Spielraum in den Immobilien- und Grundstücksmarkt.

„Das macht für uns die Sache nicht leichter. Einerseits müssen wir nach einem konkreten Täter suchen, andrerseits uns die Frage stellen, wer sind die Drahtzieher.“

„Das kann dauern. Da muss man den Markt im Auge behalten und schauen, was mit den Grundstücken in nächster Zeit geschieht.“ Firmengeflechte, Banken, Tauschaktionen, da können viele die Finger im Spiel haben.

„Diesen Teil der Ermittlungen würde ich der Abteilung für Wirtschaftskriminalität überlassen", meint Feuersinger.

Hinten links ist noch Platz im Arboretum. Sie hat bei der Auswahl des Yoga-Outfits getrödelt. Beim Anziehen und der Entscheidung zwischen bequem oder sexy und chic ist ihr die Zeit davongelaufen. Flott macht sie sich auf den kurzen Weg. Vom Balkon aus hat sie schon gesehen, dass heute sehr viel los sein wird, geschätzte hundert Teilnehmer, hauptsächlich junge Frauen. Bekleidet mit hautengen, knalligen, halblangen Hosen und knappen Bras. Figur pur. Die wenigen Männer, in weiten Hosen mit nacktem Oberkörper, Muskeln und Tattoos zeigend.

Yoga im *Stadtpark* hat sich zum Renner entwickelt. Noch sitzen die Teilnehmer ungezwungen herum und tratschen. Der Zustrom hält immer noch an, von allen Seiten kommen noch weitere Yoga-Fans, die meisten mit dem Fahrrad. Sie ist also nicht die Letzte. Rasch rollt sie die Matte aus, legt Handtuch, Jacke, Handy und Schlüssel neben sich ins Gras. Dabei schaut sie sich kurz um, ob jemand Bekannter anwesend ist. Aus der vorderen Reihe winkt ihr jemand zu.

Die Dämmerung geht langsam zur Nacht über und der Mond steht voll über dem *Rüschhof*, der an drei Seiten durch die Museumshallen der Inatura und der alten Montagehalle, die vom Kunstraum bespielt wird, begrenzt ist. Die Gebäude sind in warmes Licht getaucht. Ein stimmungsvoller, lauer Abend liegt über der Stadt. Im Park ist noch viel los. Eltern schieben Kinderwagen, kleine Gruppen von Jugendlichen sitzen im Gras und unterhalten sich, Hunde werden ausgeführt. Auch Voyeure finden sich ein.

Mit dem Ton der Klangschale beginnt das Vollmondyoga. Sandra braucht eine Weile, bis sie konzentriert bei der Sache ist. Vielleicht liegt es an dem Kerl auf der Matte vor ihr. Bei den

Lockerungsübungen fasziniert sie sein Muskelspiel und die scharf gestochene Schlange auf seiner dunklen Haut.

Während sie den *Tänzer* ausdauernd hält, bemerkt sie, dass sich eine Gruppe von etwa zehn Frauen am Rand des Arboretums aufbaut, Transparente ausrollt und gebetsartig zu murmeln beginnt. „Schamloses Treiben – nicht bei uns", „Esoterischer Hokuspokus – Schluss damit", „Körperkult ist an allen Übeln schuld", ist zu lesen. Verdutzt schauen sich einige Yoginis und Yogis an, zucken kurz mit den Schultern, lassen sich aber nicht aus der Ruhe bringen und machen unbeirrt, den Anleitungen der Yoga-Lehrerin folgend, weiter.

Das scheint eine der Frauen aus der Protestgruppe zu provozieren. Sie kramt in der Handtasche, wird fündig und wirft etwas in Richtung der Yogierenden, verfehlt aber das Ziel. Ein faules Ei klatscht neben Sandra an einen Baumstamm und tropft, üblen Geruch verbreitend, von der Rinde. Das ist zu viel. Beim Start der Position des *Kriegers* schnappt sie sich das Handy.

„Ja, ein Streifenwagen, unauffällig, sofort."

Beim *Savasana*, der Entspannung am Ende der Einheit, rollt ein Streifenwagen langsam die Zufahrtsstraße herein und bleibt am Rande des *Rüschhofs* stehen. Sandra sieht aus einem Augenwinkel, dass Hanife mit einer weiteren Kollegin aussteigt und die protestierenden Frauen ruhig und bestimmt auffordert mitzukommen, um beim Fahrzeug die Personalien aufzunehmen.

#4

Bequem sind sie nicht, die Kirchenbänke der *Stadtpfarrkirche zu Sankt Martin*. Im rechten hinteren Teil des Kirchenschiffs, der *Männerseite*, kniet eine Gestalt, das Gesicht in die Hände vergraben. Das Gespräch im Beichtstuhl war lang und emotionsgeladen. Der Vorwurf, eine vom Teufel besessene Kreatur zu sein, reichte dann.

In vorgetäuschter Gebetshaltung, sich vorsichtig im riesigen Kirchenschiff umschauend, in der Hoffnung, zu dieser späten Stunde allein zu sein, murmelt die Person lautlos etwas vor sich hin. Die untergehende Sonne wirft durch die hoch angesetzten halbmondförmigen Fenster breite Lichtbalken schräg ins Kircheninnere. Die Augen, die zwischen den Fingern durchlinsen, müssen sich erst an den starken Kontrast von Hell und Dunkel gewöhnen. Sie bleiben beim Deckengemälde von *Franz Plattner* hängen. Die kraftvollen Darstellungen aus dem Leben des Kirchenpatrons führen unmittelbar zur Frage: Wohin mit dem Gegenstand in der Jackentasche? Was war das vorhin? Ach was, einfach raus hier, bevor sich eine vage Erinnerung einschleicht.

Die turmseitige Tür schließt sich knarrend, kleine Wellen kräuseln sich im Weihwasserbecken, die Kerzen am Marienaltar kommen durch den leichten Luftzug ins Flackern, eine erlischt sogar und immer mehr Blut sickert langsam aus dem schmalen Spalt zwischen Tür und Steinboden des Beichtstuhls. Allmählich bildet sich eine kleine Pfütze.

An diesem Samstag ist der Wochenmarkt auf dem *Marktplatz* besonders gut besucht. Geschuldet ist das dem prächtigen Wetter und der Festspielzeit im Ländle. Nicht nur Dornbirner tummeln sich durch das Gewühl. Auch Schwyzerdütsch und nordisches Platt ist neben dem ortsüblichen *häscht und bischt gsi* zu vernehmen. Keinen freien Stuhl mehr gibt es an den

Tischen der Kaffeehäuser, die weit in den Platz hineinstehen und zwischen den Marktständen nur noch schmale Gehwege zulassen. An diesen neuralgischen Orten staut es sich, kaum ein Durchkommen für Fahrradschieber und Trolleyzieher.

An solchen Tagen liegt eine heitere Stimmung in der Luft. Man trifft beim Durchschlängeln auf dem Markt Freunde und Bekannte. Die Langsamkeit des Vorankommens wird für einen gemütlichen Plausch genutzt, man steht zusammen und hält Ausschau nach einem freien Tisch. Diejenigen, die schnell über den Markt wollen, ärgern sich über dieses Chaos. Der Wochenmarkt folgt einer undurchschaubaren Choreografie.

„Tomaten, Radieschen, halber Preis!", schreit ein Standler mit kräftiger Stimme. Er kann dabei einen beim Kirchenportal Handorgel spielenden Mann, einen Roma, kaum übertönen. Dieser scheint in einem Wettbewerb mit den trommelnden Peruanern beim *Stadtmuseum* zu stehen. Vom gotischen Turm schlägt es zehn. Der Mesner öffnet die drei großen Türen der Kirche, geht zu dem Roma, wechselt mit ihm ein paar freundliche Worte und wirft ihm einen Zehn-Euro-Schein in den Hut. Zeit aufzuhören und in die Marktstraße weiterzuziehen. Er winkt seinen Kontrahenten zu, es ihm gleich zu tun. Das Orgelkonzert kann beginnen.

Schwere Akkorde dringen aus der Kirche und hallen weit über den Platz. Sie vermengen sich mit dem lauten Stimmengewirr, dem frischen Duft von Blumen, dem erdigen Geruch des angebotenen Gemüses, dem herben Aroma von Gewürzen und dem Wohlgeruch von frischen Backwaren. Dazwischen mengt sich da und dort auch der Hauch von Leberkäse, Bratwürsten und Dönergerichten.

„Marie, druckfrisch!", preist eine dunkelhäutige junge Frau beim Brunnen die Straßenzeitung lächelnd an. Die Bettlerin sitzt wie jeden Samstag vor der *Stadtapotheke* und murmelt, für den Erhalt von ein paar Münzen, segnende Worte. Kritisch den Preisaushang der Konkurrenz kontrollierend, spazieren stolze Bäuerinnen herum.

Etwas abseits vom Trubel sitzen Sandra, Anita, Hanife, Friedl, und Hilde mit Feuersinger und Fledderer vor dem *Bongustaio* und genießen das Frühstück auf italienische Art. Sie sind schon beim Prosecco angelangt. Hin und wieder schaut auch Muhammad vorbei. Er und Kasimir sind für einen guten Zweck eingespannt. Kleine Kinder dürfen auf dem Esel reiten. Der Erlös kommt der Flüchtlingshilfe zugute. Sandra hat zu ihrem Geburtstagsfest eingeladen.

„Geh Friedl, verdirb uns nicht die Stimmung mit deiner Fragerei“, wirft Anita ein. Er wollte von Sandra wissen, was sich da beim Yoga im *Stadtpark* abgespielt hat.

„So weltoffen, wie es hier scheint, sind nicht alle in Dornbirn“, ist Sandras kurzer Kommentar dazu, dabei deutet sie in Richtung des Marktgeschehens. Sie wendet sich aber gleich wieder Feuersinger zu, denn sie will die Pointe der Geschichte, die er gerade erzählt, nicht verpassen.

Langsam fährt ein Einsatzfahrzeug der Polizei, von der *Schulgasse* kommend, die Auffahrt zwischen Kirche und Pfarrhof zum turmseitigen Eingang hinauf und bleibt dort stehen. Zwei Beamte steigen aus dem Auto und gehen eiligen Schrittes auf die Kirchentür zu. Sandras Handy macht „pling.“

„Hier stimmt was nicht“, bemerkt Friedl nachdenklich.

Blitzartig haben die Einsatzkräfte die Kirche geräumt. Neugierige, angezogen von dem Polizeiaufgebot, sind zurückgedrängt worden. Die Türen sind nun versperrt, das Gelände bei den Eingangsbereichen gesichert und nur noch die Polizei hat Zutritt. Was draußen am Platz an Gerüchten umgeht, interessiert hier drinnen keinen. Zu grausig ist das Geschehen. Sandra fröstelt in ihrem leichten Sommerkleid.

Hanife und Fledderer versuchen in der Sakristei den

Organisten und den Mesner zu beruhigen und zu befragen. Der Organist steht unter Schock. Der Mesner wirkt gefasster. Als Totengräber und Friedhofswärter ist er abgebrüht. Hanife hat mit den Männern Geduld, sie bietet ihnen immer wieder etwas zu trinken an und nach und nach können sie ihre Aussagen zum grausigen Fund machen.

Derweilen lehnen Sandra und Friedl in einiger Entfernung vom Beichtstuhl am Geländer der Stiege zur Empore auf der *Männerseite*, darauf bedacht keine Spuren zu verwischen und warten auf den Arzt. Zwei Scheinwerfer, von der Spurensicherung aufgestellt, leuchten den düsteren Bereich des Kirchenschiffs aus. Sie starren gebannt auf den toten Körper, der mit durchschnittener Kehle im Beichtstuhl mehr lehnt als sitzt. Der Kopf ist seitlich nach hinten gekippt. Die klaffende Wunde ist dadurch deutlich sichtbar. Decke und Wände des Beichtstuhls sind befleckt vom eingetrockneten Blut.

„Was meinst du?“, murmelt Sandra, die Friedl gebeten hat mitzukommen, um ihr bei der Sichtung des Tatorts zu helfen.

„Hier fehlt das Gitter.“ Sandra zieht die Stirne kraus. Sie versteht nicht, was Friedl ihr sagen will.

„Hilf mir auf die Sprünge, ich sehe zum ersten Mal einen Beichtstuhl von innen.“ Friedl stößt sich vom Geländer ab und geht einen Schritt seitlich auf den Tatort zu. Mit ausgestrecktem Arm weist er Sandra an, wohin sie schauen soll.

„Normalerweise ist da ein Gitter. Es soll in früheren Zeiten zu Übergriffen gekommen sein, und eben dieses fehlt.“ Friedl deutet auf das große viereckige Loch in der Trennwand.

„Dadurch war der tödliche Messerangriff erst möglich“, sinniert er weiter. Er fährt dabei durch seinen frisch gestutzten Bürstenhaarschnitt.

„Meinst du wirklich, dass der Angriff während einer Beichte stattgefunden hat?“, fragt Sandra ungläubig. Friedl ist sich ziemlich sicher, will der Spurensicherung und dem Arzt aber nicht vorgreifen. Beide sind in ihre Überlegungen vertieft. Sie bemerken dabei nicht, dass Lisa Fledderer quer durch das Kirchenschiff auf sie zukommt.

„Mein Team wartet schon eine halbe Stunde, wann kommt der Arzt? Wir wollen anfangen“, gibt sie sich ungeduldig. Sandra und Friedl schrecken auf, als sie die lauten Worte, die im Kirchenschiff widerhallen, vernehmen.

„Er ist schon unterwegs“, antwortet Sandra und gibt Lisa durch eine Geste zu verstehen, dass sie sich etwas beruhigen soll.

„Meine Geburtstagsparty ist sowieso im Eimer, also was soll's.“

„Ist der Mesner halbwegs ansprechbar?“, will Friedl wissen.

„Doch, mit dem kann man reden.“

Etwas aus dem Konzept und abgespannt durch den unvorhergesehenen Einsatz während des Geburtstagsfests, eröffnet Sandra die Besprechung. Friedl lehnt am Fenstersims des Besprechungsraumes und signalisiert dadurch, dass er eigentlich nicht hierhergehört. Sandra ist ihm für diese kleine Geste dankbar und lächelt ihm bei der Begrüßung der Teilnehmer zu.

„Bei dem Toten handelt es sich um Kaplan Toni Höfle, 36 Jahre alt. Er war seit gut acht Jahren als Kaplan im Seelsorgeraum Dornbirn tätig“, referiert sie, was bis dato in Erfahrung zu bringen war.

Er galt als ein Society-Priester und tanzte auf allen Hochzeiten. Medienauftritte, Firmeneröffnungen, überall, wo sich ein Mikrofon oder eine Kamera zeigte, war er zu finden. Seine Tätigkeit als Seelsorger war laut Gerüchten etwas umstritten. Dabei malt sie mit ihren Fingern Anführungszeichen in die Luft.

„Weiter bin ich in der kurzen Zeit nicht gekommen“, bemerkt Sandra und fügt hinzu, dass sie über Religion und Kirche kaum

Bescheid weiß. Mäser, ein junger Polizist, steht konzentriert am Whiteboard und notiert stichwortartig die Informationen.

„Die Angehörigen sind verständigt. Seinen Bruder Franz Höfle konnten wir gleich erreichen. Er steht uns für Fragen jederzeit zur Verfügung." Einige Anwesende sind überrascht, dass Kaplan Toni Höfle und Franz Höfle alias *höfle der bäcker* aus der gleichen Familie stammen.

Sandra blickt in die Runde, bevor sie die vorläufigen Hinweise zur Todesursache, die sie vom Arzt erhalten hat, mitteilt: Der Tod ist vermutlich am Vorabend zwischen 18 und 22 Uhr eingetreten, durch einen schnellen, gezielten Schnitt am Hals. Als Tatwaffe kommt ein Messer mit einer sehr scharfen, stabilen, eher kleinen Klinge in Frage.

„Skalpell oder Küchenmesser", meint der Arzt.

„Ein Taschenmesser schließt er wegen des Klappmechanismus der Klinge aus, zu instabil."

„In so einem Beichtstuhl ist es ja finster und der Raum für einen Angreifer ist sehr beengt. Wie ist es da möglich, einen gezielten Schnitt oder Stich durchzuführen?", will Andreas Lecher, ein erfahrener Beamter, der als Erster am Tatort war, wissen. Friedl räuspert sich.

„Der Tote trug eine schwarze Soutane mit weißem Kollar. Da ist die Halsregion auch im Halbdunkeln gut zu erkennen", meint er.

„Verlieren wir uns nicht in Details, bleiben wir bei der Sammlung der Fakten." Sandra fordert Hanife auf zu berichten.

„Der Mesner hat gestern Abend, als er um neun Uhr die Kirche zugesperrt hat, nichts bemerkt." Alles war so wie immer. Auch in der Früh vor dem Orgelkonzert ist ihm nichts aufgefallen. Seine Kniebeschwerden zwingen ihn, die Wege durch die Kirche kurz zu halten.

„Es war der Organist, dem die kleine Pfütze aus getrocknetem Blut vor dem Beichtstuhl aufgefallen ist." Ein purer Zufall, dass der Organist die Empore über die rechte Stiege verlassen hat und in diesem Moment das Licht der Morgensonne durch die geöffnete Tür direkt auf den Fleck fiel.

„Haben Kirchenbesucher etwas bemerkt oder gesehen“, fragt Sandra nach.

„Nein, am Vorabend hat der Mesner niemanden gesehen und heute waren es Touristen, er hat keinen von ihnen gekannt.“ Andreas Lecher hebt die Hand, Sandra nickt ihm zu.

„Wir haben die Personalien aller Personen, die beim Zeitpunkt unseres Eintreffens in der Kirche waren. Einheimische oder Mitglieder der Kirchengemeinde waren keine darunter. Da gab es keine zweckdienlichen Hinweise.“

„Sehr gut, Andreas“, Sandra blickt wieder zu Hanife.

„Also nochmals, die Pfütze ist dem Organisten aufgefallen“, nimmt sie den Faden wieder auf.

„Kurz hat er überlegt, was er tun soll und sich entschieden die Tür zum Beichtstuhl zu öffnen. Er hat sie aber sofort wieder geschlossen.“ Ohne Aufsehen zu erregen, machte er sich auf zur Sakristei. Dort hat er den Mesner angetroffen und den Alarm ausgelöst. Beide haben sich dann, bis zum Eintreffen der Polizei, vor dem Beichtstuhl aufgehalten.

„Ziemlich professionell, wie die beiden reagiert haben. Sie haben dadurch einer möglichen Panik unter den Kirchenbesuchern entgegengewirkt“, schließt Hanife ihren Bericht. Friedl stößt sich von dem Sims ab und setzt sich auf den freien Stuhl neben Sandra.

„Was hat unser Gast in Erfahrung gebracht?“ Sandra wendet sich ihm zu.

„Die Beichtstühle wurden schon vor Jahren aufgelassen.“ Nach der Sanierung des Pfarrhofs und den Umbauarbeiten im Bereich der Sakristei gibt es dort genügend Möglichkeiten für Beichtgespräche in angenehmer Atmosphäre. Die Beichtstühle wurden seither als Lagerräume genutzt. Um längere

Gegenstände, wie Fahnenstangen, verstauen zu können, hat der Mesner die Gitter der Trennwände herausgesägt. Vasen, Decken, Gebet- und Liederbücher, Notenblätter, und vieles andere wird dort gestapelt.

„Bis eben dieser heuchlerische, konservative Knochen, aufgetaucht ist, mit seiner Vorstellung, alles müsse wieder so wie früher sein", beruft sich Friedl auf die Aussage des Mesners. Der wollte partout wieder die Beichte wie einst im Beichtstuhl abnehmen und die Messe auf Latein lesen.

„Ego te absolvo a peccatis tuis in nomine Patris, et Filii, et Spiritus Sancti", leierte der Mesner die Absolutionsformel, den Kaplan nachäffend, bei der Befragung herunter.

„Die beiden waren wohl spinnefeind." Der Mesner machte im Gespräch keinen Hehl daraus, dass er den getöteten Kaplan nicht leiden konnte. So habe er, etwas widerständig, so gut es eben ging, einen Beichtstuhl behelfsmäßig wiederhergerichtet, ohne Gitter und Leuchten, die anzeigen, ob der Beichtstuhl frei oder besetzt ist.

„Das Klientel, das da aus- und eingegangen sei, war aus Sicht des Mesners auch untypisch, hauptsächlich Frauen mittleren Alters und oft auch junge Männer", beendet Friedl seinen Beitrag.

„Ich stelle uns jetzt eine Kanne Grüntee auf", und schon ist er auf dem Weg zur Teeküche.

„Passt das so?", fragt Mäser, der junge Polizist, schüchtern und deutet auf die Tafel. Er ist beim Mitschreiben ins Schwitzen gekommen. Sein pickeliges Gesicht ist ganz rot. Sandra wirft einen Blick auf das Whiteboard. Sie ist erstaunt, wie akkurat und übersichtlich mit gestochener Schrift der junge Kollege die Fakten niedergeschrieben hat. Das muss sie sich merken.

„Tipp, topp", lobt sie ihn.

„Wo sind wir stehengeblieben?" Sie schaut fragend in die Runde.

„Lisa, bitte." Lisa Fledderer schaltet den Beamer ein und erklärt anhand der Bilder die Auffindungssituation des Toten.

„Der hatte keine Chance. Mit seiner Größe füllt er den ganzen Raum des Beichtstuhls aus. Ein Ausweichen ist da unmöglich. Der sitzt da ziemlich eingequetscht drinnen", meint sie schnoddrig. Der Angreifer hingegen hatte es einfach. Sein Gegenüber sitzt im Profil vor ihm und es ist genügend Raum vorhanden, um ein Messer schwungvoll und zielgerichtet zu führen. Links- oder Rechtshänder ist dabei egal. Sie tippt darauf, dass dem Angreifer die Umgebung eines Beichtstuhls vertraut war und vermutet auch weiter, dass die Tat vielleicht geplant war.

„Ich würde nach jemandem suchen, der in den letzten Jahren stark im Umfeld von Kaplan Höfle präsent war und oft zur Beichte gekommen ist."

„Kurze Zwischenfrage, männlicher oder weiblicher Täter", will Sandra wissen.

„Na, nicht so hastig", gibt Fledderer zur Antwort. Die Spurenauswertung steht noch an. Sie ist aber davon überzeugt, dass da nicht viel zum Vorschein kommen wird. Unzählige nicht zuordenbare Fingerabdrücke. Vielleicht das eine oder andere Teil eines textilen Gewebes.

„Und ja, sehr viel Staub. Aber etwas Bemerkenswertes gibt es doch", macht Fledderer ihre Ausführungen wieder spannend. Bei der eingetrockneten Blutpfütze ist ein Schuhabdruck sichergestellt worden.

„Da ist jemand mit dem halben Absatz hineingestiegen und hat eine kurze Spur Richtung turmseitigen Ausgang gezogen. Von der Größe her kommt ein weiblicher Schuh in Frage." Der Abdruck muss zustande gekommen sein, kurz bevor das Blut getrocknet ist. Die Spurensicherung hat das dokumentiert. Die Konturen sind unscharf, das Sohlenprofil schwer festzustellen. Fledderer ist skeptisch, ob sich mit dem Abdruck etwas anfangen lässt.

„Das war's. Mit den Auswertungen müsst ihr euch bis Montagnachmittag gedulden."

Sandra blickt auf die Uhr, steht auf, nimmt den Pointer zur Hand, wendet sich dem Whiteboard zu, fasst die bisherigen Ergebnisse zusammen und bedankt sich bei den Mitarbeitern für die Ausführungen.

„Die Kollegen vom Journaldienst werden heute Abend noch eine Presseaussendung herausgeben." Mäser, Lecher und sie sind für diesen Fall zuständig. Sie bittet Friedl, ihr den Rücken in der Causa Cimarolli freizuhalten.

„Für diese Aufgabe stehen dir wie ausgemacht Hanife und Schorsch zur Seite." Mit einem kurzen Nicken quittiert Friedl ihre Äußerung und räuspert sich. Er will noch etwas sagen.

„Der Mesner redet zwar viel, ich würde ihn gerade deswegen genauer unter die Lupe nehmen. Der schaut mir so aus, als ob er viel über kirchliche Interna weiß", meint Friedl.

„Nur so als Tipp." Er hebt abwehrend die Hände.

„Ich will mich nicht in eure Ermittlungen einmischen."

„Wenn jetzt nichts mehr ansteht, schließen wir die Besprechung." Sandra blickt in die Runde und bittet, dass sich die jeweiligen Ermittlergruppen noch kurz zusammenfinden, um abzusprechen, was am Montag erledigt werden muss.

„Ach ja, noch was." Beim abrupten Aufbruch aus dem *Bongustaio* am Vormittag hat sie auf das Bezahlen vergessen.

„Das haben Hilde, Anita und Feuersinger übernommen", wirft Friedl ein.

„Die sitzen übrigens bei mir im Garten. Wie wäre es, wenn wir deine Geburtstagsparty bei mir ausklingen lassen. Ihr seid doch sicher alle auch hungrig, nach dem arbeitsintensiven Tag?"

Auf dem kleinen Balkon mit Blick in den *Stadtgarten* haben es sich Anita und Sandra bequem gemacht. Der Tisch ist gedeckt, alles, was zu einem späten Frühstück gehört, ist zu finden. Beide sind übernächtig, es ist gestern doch spät geworden. Besondere Stimmung ist nach dem vorangegangenen Nachmittag keine mehr aufgekommen. Es hat aber gutgetan, am Abend zusammenzusitzen.

„Reich mir mal den Tomatensaft." Sandra nimmt den Krug, schenkt sich ein und leert das Glas in einem Zug.

„Kann ich dir empfehlen, das gibt dir Energie."

Nach dem ausgiebigen Frühstück bleiben sie am Tisch sitzen. Sie arbeiten den gestrigen Abend ab und kommentieren die eine und andere Beobachtung. Ob wohl aus Feuersinger und Fledderer ein Paar wird?

Das Gespräch dreht sich dann aber schnell um den brutalen Mord in der Kirche. Sandra ist froh, dass sie jemanden zum Reden hat. Seit sie die Leitung der Inspektion innehat, ist es nicht mehr so wie früher. Immer öfter kommt sie sich vereinsamt vor. Es fehlen ihr Menschen im Umfeld, denen sie sich anvertrauen kann. Friedl hatte sie gewarnt, als sie ihn über die Bewerbung informiert hat. Führungsposition macht einsam, schau dazu, dass du lernst, damit umzugehen, war sein trockener Kommentar. Ihre Unterhaltung wird immer wieder durch Meldungen, die Sandra auf dem Handy erreichen, unterbrochen. Auch die Sonntagszeitungen, die auf dem Tisch liegen, haben sich in aller Eile des Falls angenommen.

„Das wird heftig. Mit Kirche und Wirtschaft ist nicht gut Kirschen essen, wenn es unerfreuliche Nachrichten gibt", Anita deutet auf das Titelblatt einer Gratiszeitung: Beichtstuhlmord - rächen sich die Opfer? Der Aufmacher zieht kühne Schlüsse zu den in letzter Zeit publik gewordenen Missbrauchsfällen.

„Die kommenden Tage liegen mir jetzt schon im Magen", gibt Sandra unumwunden zu. Bis in den späten Nachmittag tratschen die beiden Freundinnen. Sie haben sich während des Studiums in Wiener Neustadt kennengelernt. Verschiedene

Szenarien zu Stressbewältigung, Aggressionsabbau, Gesprächsführung schneiden sie an. Intensiv tauschen sie sich aus über Erfahrungen im harten Polizeijob. Hilfestellung dazu, vor allem für Frauen, gibt es wenig.

„Wichtig ist, wenn du anstehst, dass du dir Unterstützung von außen holst", fasst Anita ihr Gespräch nochmals zusammen. Der Bahnsteig ist voll mit Reisenden. Als der Zug einfährt, umarmen sie sich zum Abschied.

„Geh nicht hinüber in die Inspektion, geh joggen", der letzte Ratschlag von Anita beim Einsteigen. Wenn, dann nur kurz, denkt Sandra oder doch nicht? Beim Verlassen des Bahnsteigs führt sie der Weg an der Inspektion vorbei, zu einem langen Spaziergang entlang der *Ach*. Klar im Kopf, sitzt sie am Abend am Computer und strukturiert die kommenden Tage.

#5

Montagfrüh kurz vor acht Uhr stehen Hanife und Schorsch mit ihrem Fahrzeug auf der Schnellstraße nach Lustenau im Stau. Dicke Wolken hängen am Himmel, es ist windig und es schüttet aus Kannen. An ein Weiterkommen ist nicht zu denken.

„Schalt halt das Blaulicht ein und gib Vollgas", grummelt Schorsch vom Beifahrersitz aus. Den Sitz musste er ganz nach hinten schieben, um seinen massigen Körper ins Auto zu quetschen. Übellaunig stiert er auf das Tattoo an Hanifes Nacken. Sie macht, was er sagt und so kommen sie, sich mühsam durch die Kolonne schlängelnd, etwas flotter weiter.

„Was ist dir denn heute über die Leber gelaufen?", fragt Hanife entspannt. Sie schaut dabei auf die Uhr. Der Termin müsste zu halten sein.

„Schwachsinn ist das", poltert Schorsch plötzlich los. Der Cimarolli ist tot. Es liegt kein Fremdverschulden vor. Es geht ihm nicht in den Kopf, dass da noch in alten Computerdateien herumgestochert werden soll, um ihm etwas anzuhängen.

„Ändert ja nichts", regt er sich weiter auf. Und deswegen nach Lustenau zu fahren, sei sowieso eine Schnapsidee.

„Die hätten auch zu uns kommen können, früher war das halt anders." Hanife kennt das. Den Alten muss man eine Zeit lang maulen lassen. Danach ist er wieder umgänglich. Sie treffen pünktlich zur Besprechung in der Inspektion Lustenau ein. Friedl und Hippolyt Deuring erwarten sie schon im Büro.

„Dann können wir ja starten." Friedl kramt in seinen Unterlagen, zieht ein paar Blätter hervor und räuspert sich.

„Die Kollegen aus dem Südtirol haben ganze Arbeit geleistet." Ifra Faduma wurde vorgeladen, befragt und eine DNA Bestimmung vorgenommen.

„Eine Übereinstimmung ist gegeben. Es handelt sich wirklich

um ihren Vater." Die Spuren führen in dem Fall eindeutig nach Vorarlberg. Ein interessantes Detail ist zudem noch ans Tageslicht gekommen. Der Vater von Ifra hat auf der Flucht ein auffälliges Amulett getragen, eine gelochte goldene Münze an einer Lederkette um den Hals. Ifra hat eine Zeichnung davon angefertigt. Diese ist dem Protokoll beigefügt.

„Bringt uns das weiter?" wirft Schorsch ein.

„Wart´s ab." Friedl wirft Hippo einen Blick zu und fordert ihn auf, seine Erkenntnisse zu einzubringen. Bis zu diesem Zeitpunkt hat es den Anschein, dass er nur teilnahmslos auf den Bildschirm seines Laptops fixiert ist. Es dauert einen Augenblick, bis er bemerkt, dass er an der Reihe ist. Mit schnarrender Stimme, ohne den Blick vom Computer zu nehmen, die Zuhörer ignorierend, legt er los. Er hat das Handy und die beiden Computer von Bruno Cimarolli ausgewertet.

„Die Spuren führen eindeutig ins Darknet." Schorsch schüttelt verständnislos den Kopf, Falten zeigen sich auf seiner Stirn. Er scheint überfordert.

„Kannst du uns erklären, wie man sich das vorstellen muss. Es kennt sich nicht jeder bei Computern aus", prescht Hanife vor, um Schorsch im Boot zu halten. Die Frage bringt Deuring aus dem Konzept. Er fasst sich aber schnell und setzt zu einer für alle verständlichen Erklärung an. Vor allem für Schorsch.

„Das Darknet ist ein exklusiver Klub im Internet. Potenzielle Nutzer suchen in einschlägigen Foren und erhalten Tipps. Dadurch gelangen sie zu *Hidden Services*, das sind versteckte Netzwerke, kompliziert angelegt. Um dort akzeptiert zu werden, müssen sie Material liefern, für sie Belastendes. Fotos oder Filme, Pornographie mit Kindern, Gewaltszenen, Tötungen. Dabei entsteht ein Tauschhandel. Im Gegenzug erhält man etwas", rattert er monoton vor sich hin.

„Das wird von Jahr zu Jahr immer schlimmer." Deuring beendet seinen Exkurs und schiebt seinen Laptop so über den

Tisch, so dass alle auf den Bildschirm sehen können.

„Ich habe an den Bildern etwas gefeilt." Zu sehen sind deutliche Aufnahmen auf einem Parkplatz einer Autobahnraststätte. Menschen werden in Kleintransporter gepfercht.

„Wo könnte das sein?", fragt Schorsch nach. Über Hippos Gesicht zieht sich ein Lächeln. Das hat er sich auch gefragt und auch herausgefunden.

„Jedes Material hinterlässt Spuren. Cimarolli hat sich nicht sehr geschickt angestellt." Hippo kann die Autobahnraststätte in Italien, Tag und Uhrzeit genau benennen. Schorsch Walter ist sprachlos. Es kommt noch ärger.

„Das hier ist eine kurze Videosequenz. Einen Tag später aufgenommen." Der Film zeigt eine Handvoll verwirrter Personen um einen Lada stehend. Zwei leblose Körper werden aus dem Wagen gezerrt und auf die Ladefläche eines danebenstehenden Lastwagens geworfen. Die Qualität des Videos ist schlecht. Gesichter sind nur undeutlich zu erkennen. Auch hier weiß Deuring, wo es ist: Arlbergpass. Er zoomt etwas herum und macht die Autonummer so gut es geht sichtbar. Eindeutig ein Fahrzeug aus Dornbirn. Teile des Kennzeichens sind deutlich zu erkennen.

„Ich denke, das ist nicht zu bezweifeln. Der Lada ist Cimarolli zuzuordnen." Friedl blättert aufgeregt in seinen Unterlagen.

„Das deckt sich zeitlich mit den Funden auf der Entsorgungsanlage." Er skizziert schnell einen Zeitraster auf ein Blatt Papier und schiebt es über den Tisch.

„Wissen wir auch, was Cimarolli im Gegenzug erhalten hat?", fragt Friedl.

„Ja, Kontakte zu illegalen Drogenlabors." Schorsch wetzt unruhig auf seinem Stuhl herum.

„Jetzt wird mir einiges klarer." Er berichtet, dass er bei der Sichtung des Wagens von Cimarolli etliche Drogen vorfand, dem aber wenig Beachtung schenkte. Kurz überlegt er weiterzureden, besinnt sich aber darauf, es zu lassen und spielt Hanife den Ball zu.

„Hanife, sei so gut." Sie rollt mit den Augen und verzieht das Gesicht. Hippo kann mit ihrer Mimik nichts anfangen und wundert sich, was das soll. Friedl wendet sich ihr zu und ist gespannt, was da jetzt kommt. Schorsch macht sich in seinem Stuhl klein und kaut auf seiner kalten Virginia, die plötzlich den Weg zum Mund gefunden hat.

„Tja, unser Schorsch hat in der Freizeit ein bisschen ermittelt." Hanife erzählt die Geschichte, wie Schorsch seine Saufkumpane ausgehorcht und eine Verkehrskontrolle angeleiert hat. So haben wir nun Daten zu Personen, die dem Umfeld von Cimarolli zuzurechnen sind, schließt sie den Bericht. Friedl ist bemüht, ein Lachen zu verkneifen.

„Seltsame Ermittlungsmethoden scheinen da seit Neuestem in Dornbirn Fuß zu fassen." Sie verständigen sich darüber, das Wissen in ihrem Fall dennoch zu nutzen. Schorsch fasst nochmals einen Rüffel von Friedl aus. Deuring kann so eine Vorgehensweise nicht fassen, sagt aber nichts dazu.

Sicher ist, dass Bruno Cimarolli als Schlepper und Drogendealer unterwegs war. Seine Kumpels und er sind vermutlich am Tod der Afrikaner schuld. Es gilt nun die Richtigen zu finden.

„Hanife, Schorsch, befragt die Leute." Friedl hat bewusst Hanife als Erste angesprochen, um sicherzugehen, dass künftig sauber ermittelt wird. Bei der Verabschiedung zeigt sich Schorsch irgendwie erleichtert. Er sucht im Gehen nochmals Kontakt zu Deuring. Die Sache mit dem Darknet und was Hippo da alles herausholt, scheint ihn zu faszinieren. Beim Einsteigen ins Auto rutscht ihm sogar noch ein gemurmeltes „Danke", an Hanife gewandt, über die Lippen.

„Ist schon in Ordnung. Die Rüffel von der Chefin und von Friedl hast du ja abbekommen." Hanife fädelt das Fahrzeug in den Verkehr ein. Sie stellt sich dabei die Frage, wie sie die Sache weiterverfolgen sollen. Schorsch scheint ihre Gedanken zu ahnen. Die Fahrt zurück nach Dornbirn nutzen sie dafür, eine Strategie festzulegen.

„Wir laden die mit weniger Dreck am Stecken zuerst vor." Schorsch nennt eine Handvoll Namen.

„Und mit was willst du sie konfrontieren?"

„Lass das nur mal meine Sorge sein", gibt sich Schorsch wieder ganz selbstbewusst.

„Fahr da links ran." Sie sind bereits in der *Moosmahdstraße* und Schorsch braucht eine Leberkässemmel aus der *Stadtmetzg*.

Die Frühbesprechung dauert länger als geplant. Erste Ergebnisse der Spurensicherung liegen vor und Bilder sind zu sichten. Viel ist es noch nicht, was ihnen weiterhilft. Mäser heftet die Unterlagen an eine Pinnwand, auf dem Whiteboard ist kaum noch Platz, um etwas zu notieren und schreibt Kommentare dazu. Sandra ordnet die nächsten Arbeitsschritte an. Sie bespricht kurz mit Andreas Lecher, was sie sich von der Befragung des Mesners, die er durchführen soll, erhofft. Sie wundert sich dabei, wie es ihm gelingt, tagtäglich einen perfekten Krawattenknoten zu binden. Bei vielen ihrer Kollegen hängt diese meist als überflüssiges Anhängsel der Uniform um den Hals.

„Lass gut sein, in kirchlichen Dingen kenne ich mich schon aus."

Gerade als sie die Besprechung beenden will, meldet sich ein Mitarbeiter des Journaldienstes zu Wort.

„Die Brandserie sollten wir dennoch nicht schleifen lassen."

„Danke, dass du das anschneidest." Sandra hätte beinahe darauf vergessen. Recherchen zum von Feuersinger erstellten Täterprofil haben ein paar Treffer ergeben.

„Wir haben uns etwas schlau gemacht, wer in der Stadt eine

Sprengmeisterausbildung oder eine Pyrotechnikerlizenz hat. Beim Abgleich mit den aktiven Mitgliedern der Feuerwehren sind wir auf ein paar Namen gestoßen, bei denen die Berufsausbildung auch noch dazu passt." Sandra überlegt kurz, wie sie mit der Information umgehen soll. Vorschnell auf Verdachtsmomente zu reagieren, ist nicht ihre Arbeitsweise. Bei der Einschätzung des Sachverhalts helfen ihr immer noch die wenigen Grundkenntnisse aus ihrem abgebrochenen Jusstudium.

„Bitte überprüft das noch einmal. Wenn es wirklich so ist, dann bestellt die Personen zu einem Gespräch ein. Geht aber behutsam mit den Leuten um und haltet die Abteilung für Wirtschaftskriminalität auf dem Laufenden." Feuersinger hat ja auch in den Raum gestellt, dass die Brandstiftungen zielgerichtet sein könnten. Mit einem Blick in die Runde beendet sie die Besprechung.

„Wir sehen uns am späten Nachmittag, um uns abzugleichen." Sie deutet auf Kevin Mäser. „Du kommst mit mir mit."

Der Mesner steht auf einer Leiter am alten Hochaltar und ist gerade dabei, neue Kerzen in die Halterungen einzusetzen. Als er Lecher sieht, klettert er umständlich herunter, wischt sich die Hände an seinem Kittel ab und begrüßt den Polizeibeamten.

„Können wir irgendwo in Ruhe reden?"

Der Mesner lächelt verschmitzt.

„Komm mit." Er führt Lecher durch das Kirchenschiff über die Stiege hinauf zur Empore. Hinter dem Orgelprospekt befindet sich ein schmaler Gang, der zu einem nieder angesetzten Fenster führt. Dort steht auch eine alte Kommode mit einer Kaffeemaschine drauf. Daneben sind Sitzpolster gestapelt.

„Nimm die Kissen mit und steig zum Fenster hinaus." Lecher wundert sich, tut dann aber, was der Mesner ihm anschafft. Direkt vor dem Fenster, das wie eine niedrige Tür gebaut ist, auf dem Dach der Vorhalle zur Kirche, über dem umstrittenen

Kriegerdenkmal, ist eine kleine gemütliche Bank angebracht. Man hat einen herrlichen Blick über die Stadt und das Bergpanorama mit *Schwende und First*. Der Mesner reicht ihm zwei Tassen Kaffee durch, klettert ebenfalls durch das Fenster und setzt sich zu Lecher. Er zieht seinen Schnupftabakbeutel aus dem Hosensack und gönnt sich eine Prise.

„Der schönste Platz hier in der Stadt, da staunst du, oder? Was willst du wissen?"

„Alles über Kaplan Toni Höfle." Lecher zieht Notizblock und Stift aus seiner Brusttasche.

Nach einer halben Stunde hat er mehrere Seiten vollgekritzelt.

„Das ist aber nicht dein Ernst", stellt Lecher verblüfft fest.

„Woher willst du das wissen, kannst du das beweisen?"

„Aber sicher." Bei den Aussagen, die der Mesner über den Kaplan tätigt, behauptet er, dass sich Toni Höfle gerne an Ministrantinnen herangemacht hat.

„Ich habe es von meiner Enkelin erfahren und ihn dann zur Rede gestellt."

„Wie hat er darauf reagiert?"

„Natürlich geleugnet. Ich habe ihm aber gezeigt, wo es lang geht, wenn er die Finger nicht von jungen Mädchen lässt." Seither ist Ruhe. Er hat seine Interessen scheinbar anderwärtig verlagert.

„Wie muss ich das verstehen?" Seit er die Kongregation betreut, gehen Gerüchte um, dass er ein Verhältnis mit einer oder mehreren Frauen dort hat.

„Das geht mich aber nichts an. Die sind erwachsen."

Kevin parkt das Einsatzfahrzeug auf dem Firmengelände von *höfle der bäcker*. Sandra und er sehen sich etwas um. Es scheinen Umbauarbeiten im Gang zu sein. Ein Teil des Gebäudes ist eingerüstet. Fahrzeuge von Baufirmen stehen auf einem für sie reservierten Teil des Parkplatzes. Von den Laderampen her stinkt es nicht nach Dieselabgasen der zahlreichen

Lastkraftwagen, die gerade mit laufenden Motoren beladen werden. Es riecht wohltuend nach frischem Gebäck und Hefe.

Am Empfangstresen werden sie von einer Sekretärin begrüßt und ohne weitere Formalitäten zu den Büroräumen von Franz Höfle geführt. Als sie eintreten, steht Franz Höfle telefonierend und mit den Händen wild gestikulierend vor dem großen Panoramafenster. Es dauert einige Sekunden bis er den Besuch wahrnimmt und dann das Handy abrupt wegsteckt. Sandra bemerkt aus dem Augenwinkel, dass die Situation, mit der die Sekretärin scheinbar nicht gerechnet hat, ihr peinlich ist.

„Mein Beileid", äußert sich Sandra. Sie geht auf den Unternehmer zu und reicht ihm die Hand. Er bittet sie, am Besprechungstisch Platz zu nehmen.

„Wir müssen Fragen stellen. Auch dann, wenn es nicht gerade gelegen ist."

„Doch, doch es geht schon. Fragen Sie nur", antwortet Franz Höfle deutlich leiser als vorhin am Telefon, plötzlich mit belegter Stimme, den Tränen nahe. Kevin sitzt aufmerksam mit dem Kugelschreiber nervös spielend und einem aufgeschlagenen Heft am Tisch. Sein Gehabe passt nicht zu einer Befragung. Sandra wird mit ihm darüber reden müssen, aber es ist eben seine erste Mordermittlung. Alle müssen einmal anfangen.

„Erzählen Sie von Ihrem Bruder. Wie war er?" Der Bäckermeister seufzt, schnäuzt sich die Nase und berichtet. Sandra nickt verständnisvoll und hakt bei einigen Äußerungen, die sie nicht versteht, nach. Sie ist bemüht, die Unterbrechungen möglichst gering zu halten. Sie will sich ein Bild machen.

„War es nicht schwierig für Sie, die Entscheidung Ihres Bruders, Priester zu werden, zu akzeptieren?", will sie wissen. Bei der Frage kommt Franz Höfle etwas aus dem Konzept. Kaum merkbar wird seine Stimme lauter und die Versicherung, dass diese Entscheidung zu akzeptieren gewesen sei, kam etwas zu schnell.

„Ihre Schwester", Kevin räuspert sich, blickt in sein Heft, „Rita, können wir die erreichen?"

„Ja, sie kommt heute Abend aus Wien." Höfle gibt ihnen die Telefonnummer und die Adresse auf dem *Bödele*, wo sie wohnt, wenn sie im Land ist.

„Noch eine Routinefrage, wo waren Sie am Freitagabend?", übernimmt Sandra wieder das Gespräch.

„Hier in der Firma, die Sekretärin kann Ihnen eine Liste der Teilnehmer an der Besprechung geben, falls Sie das überprüfen wollen."

Schon im Stehen bei der Verabschiedung, schneidet Sandra noch ein anderes Thema an.

„Wie gehen die Umbauten voran?" Etwas verdutzt über den abrupten Wechsel des Themas, gibt Franz Höfle Auskunft.

„Wir sind in einer Experimentierphase. Das, was Sie draußen sehen, sind Kleinigkeiten. Für die Herstellung unseres neuen Produkts mussten wir einige Adaptierungen vornehmen", fällt die Antwort recht knapp aus.

„Handelt es sich dabei um den Hefe-Stollen, der neu auf dem Markt ist? Der ist echt gut", bringt sich Kevin ein. Franz Höfle antwortet nicht darauf. Die Meinung des jungen Polizisten scheint ihn nicht zu interessieren.

Auf dem Weg über den Parkplatz fragt Sandra, „Wieso kennst du Süßspeisen von *höfle der bäcker* so gut?" Kevin erzählt, dass er sich alle Backschlachten im Fernsehen angeschaut hat. Auf Süßes fährt er ab.

„Ja, und da war auch noch die Diskussion um das Siegerprodukt", weiß Kevin zu berichten. In etlichen Leserbriefen der Gratiszeitungen wurde *höfle der bäcker* Rosstäuscherei vorgeworfen, weil er die vorher aufgestellten Regeln der Backschlachten noch während des Wettbewerbs über den Haufen geworfen hat.

„Ein Stollen nach einem anonymen Rezept, das erst später

eingereicht wurde, hat gewonnen. Das hat die Leute aufgeregt. Mich auch", gibt er unumwunden zu.

Sandra stellt für sich fest, dass sie da scheinbar etwas versäumt hat.

Beim Einsteigen in das Dienstfahrzeug lehnt sie sich lässig an die Autotür und scrollt auf dem Handy.

„Burritos mit Avocado Dip. Ich lade dich ein. Bring uns hinüber zum *Kohler Eck*." Kevin schaut überrascht drein.

„Na ja, vegetarisch, aber es schmeckt gut." Vom Hefegeruch hat Sandra Hunger bekommen. Auf der kurzen Fahrt gesteht ihr Kevin, dass er sowieso weniger Fleisch essen sollte. Etwas errötend, fügt er hinzu, „wegen der Haut." Dabei deutet er auf sein Gesicht. Auch weniger Süßspeisen, denkt sich Sandra.

Der kleine Gastgarten ist gut besucht. Sie bekommen aber dennoch einen Platz, an dem sie ungestört miteinander reden können. Das Essen schmeckt.

„Der hat uns nur die Hälfte der Familiengeschichte erzählt und das war geschönt. So viel heile Welt gibt es nicht. Der ist aalglatt", analysiert Kevin das Gespräch. Sandra ist überrascht, wie aufmerksam der junge Kollege das alles wahrgenommen hat.

„Das unvermittelte Abbrechen des Telefongesprächs, als wir das Büro betraten, hast du das auch mitbekommen?"

„Ja, irgendetwas mit *Schwarzenberg* habe ich noch verstanden. Bin aber nicht schlau daraus geworden, du etwa?" Kevin schüttelt verneinend den Kopf. Es sah so aus, als ob wir ihn bei irgendwas ertappt hätten, merkt er dazu an. Beide widmen sich wieder dem Essen.

„Eigentlich wollte ich Psychologie studieren", beginnt Kevin, nachdem er seinen Teller leer gegessen hat, über sich zu erzählen. „Beobachten und Zuhören ist einfach meine Stärke."

„Reden eher nicht, stimmt's?", unterbricht ihn Sandra mit einem aufmunternden Lächeln.

„So im privaten Rahmen geht es, aber mit fremden Personen wie vorhin, da tue ich mir echt schwer." Sie unterhalten sich noch etwas, ehe sie zurück zur Inspektion fahren. Sandra gibt Kevin ein paar Tipps und eine lange Liste, was er bis zur Besprechung vom Schreibtisch aus erledigen soll.

„Leutnant Dorner, verstehen Sie mich richtig, es geht nicht um Einflussnahme, aber gewisse Kreise werden halt schnell nervös. Sie wissen eh, die Politik."

„Hm, ja."

„Der Bischof kommt morgen früh persönlich zu Ihnen. Ihm ist es ein Anliegen ..." Sandra unterbricht das Gesülze des Obersts der Landespolizeidirektion am Telefon. Sie hat genug gehört.

„Wir kommen schon klar. Gibt es sonst noch was?"

„Wenn Sie Unterstützung brauchen, melden Sie sich bitte. Der Fall hat absolute Priorität." Ohne lange Höflichkeitsfloskeln auszutauschen, beendet sie das Gespräch. Genervt von ihrem Vorgesetzten, verweilt sie am Fenster und schaut einem ausfahrenden Zug nach. Wobei wurde sie unterbrochen? Erneut greift sie zum Handy.

„Seid ihr mit der Wohnung schon fertig?", will sie von Lisa Fledderer wissen.

„Ich schau mir nochmals den Tatort an und komme dann zu euch."

Sandra nimmt die Versiegelung ab und öffnet die Türen zum Beichtstuhl. Es sind insgesamt drei, in der Mitte für den Priester, rechts und links davon für die Beichtenden. Sie setzt sich davor in eine der Kirchenbänke. In Gedanken spielt sie durch, wie die Tat möglicherweise vonstatten gegangen sein könnte. Dabei bleibt sie immer wieder bei der Frage hängen: Geplant und vorsätzlich oder zufällig im Affekt? Warum? Was war das

Motiv? Sie hofft, dass bei der Nachmittagsbesprechung neue Erkenntnisse ans Licht kommen.

Ihre Gedanken schweifen ab. Glaube und Kirche sind ihr fremd. Beides hat sie nie kennengelernt. Als Tochter eines Vorarbeiters in einem kleinen Siedlungshaus im *Porst* aufgewachsen, gab es kein Weihnachten und kein Ostern. Der Geburtstag war wichtig und der 1. Mai. Als Kind hat sie ihre Mitschüler oft um die Feste mit den Geschenken beneidet. Sie wundert sich über sich selbst. In letzter Zeit beschäftigen sie immer wieder Fragen nach dem Sinn des Lebens. Ihr vom Elternhaus geprägtes Weltbild scheint ins Wanken zu geraten. Hängt das mit ihrer Freundschaft zu Anita zusammen?

Kann man hier Antworten finden, in diesen düsteren Räumen mit Weihrauch geschwängerter Luft und Bildern mit streng blickenden Gestalten? Sie muss kurz in einen Tagtraum abgedriftet sein, denn wie aus dem Nichts taucht von der Seite her plötzlich der Mesner auf. Sie hat ihn nicht kommen sehen.

„Na, warten Sie auf eine Eingebung", begrüßt er sie und setzt sich zu ihr.

„Gut, dass Sie da sind. Ich wollte Sie vorhin schon anrufen." Er fordert sie auf mitzukommen. Nur wenige Schritte, hinter der letzten Bankreihe, bei einer der Säulen, die die Empore trägt, deutet er auf einen alten, geschmiedeten Opferstock mit einem großen trichterförmigen Einwurf. Er wirkt recht klobig. Hl. Antonius steht in gotischen Lettern angeschrieben. Der Mesner fischt im Hosensack nach dem passenden Schlüssel, reicht ihn Sandra und fordert sie mit einem Nicken auf, den Opferstock zu öffnen. Sie streift sich schnell Einweghandschuhe über und geht ans Werk. Tief im Opferstock liegt zwischen einer Handvoll Münzen und einigen Geldscheinen ein blutverschmiertes Messer, die Tatwaffe.

„Eure Leute haben die ganze Kirche auf den Kopf gestellt und doch etwas übersehen", bemerkt der Mesner spöttisch.

Dabei deutet er auf einen Schriftzug, der unter dem Namen des Heiligen am Opferstock angebracht ist. „Heiliger Antonius, du guter Mann, führe mich an …. heran!“ Er ist überzeugt von der Wundertätigkeit des Heiligen.

„Der hilft, Verlorenes wieder zu finden. Halt gegen Gebühr.“ Sandra ist sprachlos. Sie kramt nach Handy und Plastiksack in den vielen Taschen ihrer Uniform und macht Fotos, bevor sie die Waffe anfasst.

„Wie sind Sie auf die Idee gekommen, hier nachzuschauen?“

„Jeden Montag wird routinemäßig der Opferstock geleert, das war purer Zufall.“

„Sie melden sich sofort, wenn Ihnen noch etwas auffällt“, verabschiedet sie sich vom Kirchendiener, bevor er zu weiteren Exkursen über Heilige ansetzt.

In der *Goethestraße*, einer noblen Wohngegend am Rand der Innenstadt, findet sie gerade noch eine Parklücke vor dem pyramidenförmigen Wohnblock. Sie schaut sich um und entdeckt direkt vor dem Eingang den grauen VW-Bus der Spurensicherung. Mit dem Lift fährt sie in den obersten Stock zur Wohnung von Kaplan Toni Höfle. Lisa Fledderer erwartet sie schon im hellen großen Eingangsbereich.

„Komm rein, du brauchst keine Schutzkleidung anzuziehen, wir sind fertig.“ Die Mitarbeiter der Spurensicherung sind gerade dabei, ihre Geräte in die Koffer zu verstauen und Sichergestelltes in Transportbehälter zu geben.

„Kannst du jemanden von euren Leuten nochmals in die Kirche schicken?“ Sandra greift in die Tasche und gibt Lisa die Tatwaffe.

„Wo hast du die her?“, reagiert Lisa überrascht. Sandra berichtet, wie sie zur Waffe gekommen ist.

„Der Mesner wartet in der Kirche.“ Brauchbare Spuren wird es am Opferstock nicht geben, aber sicher ist sicher, sind sie sich einig. Ob der Mesner etwas angefasst hat, soll ihn Lisa selber fragen.

„Und vergesst nicht auf die Spende für den Hl. Antonius", legt Sandra lachend nach.

„Schau dich um", fordert Lisa und macht mit einer Hand eine einladende Geste in Richtung des Inneren der Wohnung.

„Du wirst staunen." Vom praktisch eingerichteten Eingangsbereich führt ein Durchgang zum Wohnbereich, der mit ausgewählten Designermöbeln puristisch bestückt ist. Großformatige Bilder hängen an den Wänden, eine Glaswand gibt den Blick auf eine große Terrasse frei. Die Küchenzeile ist durch eine halbhohe Wand aus Lehm abgeteilt. Drei Türen führen in weitere Räume. Badezimmer, Schlafzimmer und Arbeitszimmer sind ebenso teuer und geschmackvoll eingerichtet. Das Arbeitszimmer gleicht einer Bibliothek. Sandra schaut sich die Buchrücken an. Theologische Werke und Weltliteratur, aber auch auffallend viele Bücher zu wirtschaftlichen Themen, was Sandra wundert.

„Habt ihr Computer und Handy sicherstellen können?", wendet sie sich an Lisa, die hinter ihr steht.

„Ja, sind schon auf dem Weg zur Auswertung."

„Ist sonst noch etwas gefunden worden, Terminkalender, persönliche Aufzeichnungen?"

„Nein, Höfle scheint ein Computerfreak gewesen zu sein. Handschriftliches oder Notizen sind uns nicht untergekommen. Dafür etwas anderes." Lisa zeigt Sandra einen Schalter, der unauffällig neben einem der Bücherregale in die Wand eingelassen ist.

„Drück da mal da drauf." Ein leises Summen ertönt und ein Teil der Regalwand beginnt sich zu drehen, ein weiterer Raum tut sich auf. Dieser ist einer kleinen Kapelle ähnlich. An der Frontwand ein Bild mit der Szene *Maria Verkündigung*, im Nazarener Stil, darunter ein Sims mit silbernen Kerzenständern und einer Vase. Vor dem Bild, mit etwas Abstand, steht ein barocker Betschemel aus Nussholz mit Einlegearbeiten. Die Kniebank ist mit rotem Samt überzogen und gepolstert. An der linken Seitenwand hängt ein Büßerhemd aus grobem Leinen, ein Bußgürtel, gefertigt wie eine mehrgliedrige Kette, deren eine Seite mit scharfen Metallteilen besetzt ist und eine Geißel. Sandra lässt sich von Lisa erklären, was Sinn und Zweck des Raumes und der Gerätschaft ist.

„Ziemlich absurd, das Ganze", findet Sandra und es schaudert sie.

„Aber eine Gegebenheit in gewissen kirchlichen Kreisen", in wenigen Sätzen erzählt Lisa was sie über eigenartige kirchliche Vereinigungen weiß, um Sandra ein Bild zu vermitteln.

„Wenige sind es und sie sind sehr umstritten, innerkirchliche Sekten halt", fügt sie abschließend hinzu. Lisa blickt auf die Uhr.

„Wir sollten noch einen Blick ins Schlafzimmer werfen." Ein opulentes Bett, Spiegel und eine Serie von Aktzeichnungen dominieren den Raum. In Griffweite zum Bett ein Stapel Hochglanzzeitschriften, eindeutig Herrenmagazine. Der riesige begehbare Schrank, angefüllt mit Designermode, überrascht nicht.

„Heutzutage als Kirchenmann so zu leben, das muss man sich schon leisten können. Nicht nur finanziell, sondern auch gegenüber der Öffentlichkeit", fasst Sandra das Gesehene kopfschüttelnd zusammen.

„Da gibt es genügend Angriffsfläche, Neider und Feinde. Der Fall wird dich fordern", stellt Lisa fest.

„Gewisse Kreise werden halt schnell nervös" fällt Sandra der Anruf des Obersts ein. Das scheint wohl wirklich eine Warnung gewesen zu sein, geht es ihr durch den Kopf.

„Schaffst du es rechtzeitig zur Besprechung?"

„Ich schau mir den Opferstock kurz selbst an. Den Rest

können meine Leute erledigen und dann komme ich zu euch in die Inspektion. Das müsste sich ausgehen."

Sandra bleibt noch Zeit, um die Unterlagen für die Besprechung zu sichten. Der Diözesanbischof hat sich für den nächsten Tag, gleich in der Früh, angekündigt.

Der Oberst hat ihr schriftlich bestätigt, dass der Fall unter ihrer Leitung von der Polizeiinspektion Dornbirn aus zu bearbeiten sei und nochmals Hinweise zur vorsichtigen und diskreten Arbeitsweise hinzugefügt, vor allem gegenüber der Presse. Dazu noch die übliche Floskel, darauf zu achten, dass möglichst wenig Überstunden anfallen. Die Mitarbeit des Landeskriminalamts könne aber bei Bedarf jederzeit angefordert werden.

Der Staatsanwalt will wissen, wann die ersten Ergebnisse vorliegen. Er ist erst am Sonntagabend aus dem Urlaub zurückgekehrt. Man hat ihm kurzfristig den Fall zugeschanzt, mit der Begründung: Personalmangel. Sandra ruft ihn an.

„Das trifft sich ja gut, wenn Sie in Dornbirn wohnen, dann kommen Sie doch gleich zur Besprechung vorbei." Eigentlich wollte Dr. Hämmerle sich nach dem Urlaub um den Garten kümmern und den Rasen mähen, deshalb war er am Nachmittag schon zu Hause. Er verspricht, dass er sich gleich auf den Weg macht.

Die Gerichtsmedizin hat ihren Bericht auch schon geliefert, den Sandra aufmerksam liest. Sogar Friedl ist es gelungen, ein Kurzprotokoll zur Besprechung in der Causa der Toten von der Entsorgungsanlage zu schicken, aktuell als Fall Cimarolli geführt. Angefügt ist eine Einladung zum Abendessen im Ochsenvorach. Mit einer WhatsApp-Nachricht sagt sie zu. Das lässt sich mit ihrer geplanten Joggingrunde heute nach Dienstschluss gut verbinden. Friedl oder Hilde werden sie danach sicher nach Dornbirn zurückbringen.

Ohne anzuklopfen, steckt Hanife den Kopf durch die Tür zu Sandras Büro.

„Grüntee und frisches Gebäck stehen schon auf dem Tisch, wir sind startklar."

Das Stimmengewirr im Besprechungszimmer verstummt, als Sandra den Raum betritt. Sie begrüßt Dr. Hämmerle per Handschlag. Er ist ein junger Jurist, leger gekleidet mit Jeans und Sneakers und einem Hoody der Wirtschaftsuniversität Wien. Dort wird er wohl studiert haben, denkt Sandra. Er ist neu bei der Staatsanwaltschaft und ersetzt den schmissigen Staatsanwalt, der pensioniert wurde. Eine wohltuende Erscheinung und Sandra findet ihn auf Anhieb sympathisch. Den Kolleginnen und Kollegen nickt sie kurz zu.

„Wir wollen gegen 19 Uhr fertig sein", eröffnet sie die Besprechung und referiert den Bericht der Pathologie: Toni Höfle, 36 Jahre, 185 cm, 80 kg, kerngesund, Todesursache eine heftige Stich-Schnittwunde am Hals, der Kehlkopf wurde durch den Einstich verletzt und in weiterer Folge durch die Schnittführung die Halsschlagader durchtrennt. Der Täter oder die Täterin muss mit sehr viel Kraft oder Wut zugestochen haben und ist vermutlich etwas kleiner als das Opfer. Die Gerichtsmediziner begründen das mit dem Schnittverlauf. Die Verletzung war nicht sofort tödlich. Es müssen während des mehrminütigen Todeskampfs Schreie oder zumindest ein Röcheln zu hören gewesen sein. Der Eintritt des Todes war zwischen 19 und 21 Uhr. Ein Detail am Rande, der Tote hat am Rücken alte und frische Verletzungen, die von Peitschenhieben stammen. Auch der rechte Oberschenkel ist stark vernarbt, durch so etwas wie Nadelstiche, nur viel heftiger.

„Übrigens, die Tatwaffe konnte sichergestellt werden", Sandra wendet sich an Lisa. Die hebt das von einem Plastiksack umhüllte Beweisstück in die Höhe, sodass es alle sehen können. Es ist ein Messer mit einem stabilen, durch jahrelange

Verwendung etwas abgenutzten Griff aus einem weichen Metall. Die V-förmige Klinge hingegen ist aus Stahl, scheint mit fünf Zentimeter Länge kurz, ist dafür aber an beiden Seiten geschärft. Ein Bäckermesser zum Ritzen von Teig.

„Liegt gut in der Hand", scherzt Lisa, wird aber gleich wieder ernst.

„Ausgewertet ist noch nicht alles. Aber wir gehen davon aus, dass dieses alte Bäckermesser die Tatwaffe war." Die Spurensicherung hat den Opferstock vermessen. Der Griff hätte keinen Millimeter dicker sein dürfen, er wäre dann nämlich nicht mehr durch den Trichter des Einwurfs zu schieben gewesen.

Kevin klopft mit dem Stift gegen das Board, um auf sich aufmerksam zu machen. Er schreibt wieder mit und hat ein chronologisches Muster mit den Aussagen zum Tathergang erstellt und „Mesner 21 Uhr Kirche geschlossen" eingekreist.

„Da sollten wir nochmals nachfragen. Das könnte den Todeszeitpunkt etwas genauer eingrenzen. Vielleicht finden wir auch Zeugen", meint er recht selbstbewusst. Sandra nickt ihm aufmunternd zu und wendet sich wieder an Lisa.

„Von Kaplan Höfles Wohnung zeige ich euch ein paar Bilder", sie hat den Beamer schon eingeschaltet und bevor sie loslegt, richtet sie ihre Worte an den Staatsanwalt.

„Ich hoffe, wir hatten hier Ihr Einverständnis. Das Ansuchen zur Betretung haben wir jedenfalls gestellt." Dr. Hämmerle reagiert mit einer zustimmenden Geste. Nach dem Durchlauf der Bilder und Lisas knappen Kommentaren melden sich gleichzeitig Dr. Hämmerle und Andreas Lecher zu Wort.

„Wer zuerst?" Dr. Hämmerle lässt Lecher den Vortritt. Dieser fährt sich durch den akkurat gestutzten schwarzen Bart und berichtet, was er vom Mesner erfahren hat. Höfle sei minderjährigen Ministrantinnen nachgestiegen. Hatte Verhältnisse zu Frauen. Vornehmlich in jener Gruppe, die er spirituell begleitet hat.

„Kongregation nennt sich die, eine fromme Gebetsgemeinschaft von Frauen, die sich sozial-karitativen Aufgaben widmen. Es sind 25 Frauen, unterschiedlichen Alters und sozialer Herkunft, eine alteingesessene Dornbirner Institution, gegründet im 19. Jahrhundert." Der Kaplan hat stark polarisiert, er war nicht unumstritten. Lecher nennt ein paar Streitpunkte, die es in letzter Zeit im Seelsorgeraum Dornbirn wegen Höfle gegeben hat.

„Das stand sogar in den Zeitungen." Er schlägt vor, sich mit Wilma Thurnher und Agathe Luger, den Obfrauen und treibenden Kräften der Kongregation, in Verbindung zu setzen. Die Namen hat er vom Mesner. Da meldet sich Hanife.

„Agathe Luger ist doch die Frau, die mit faulen Eiern auf der nicht angemeldeten Demo gegen das Yoga im *Stadtpark* herumgeschmissen hat. Wilma Thurnher war da auch dabei." Sandra fordert sie auf, auch noch auf die Texte der Transparente einzugehen, damit alle wissen, um was es dabei gegangen ist.

„Scheint eine radikale Gruppe zu sein", schließt Sandra den Bericht von Hanife ab. Dass sie Augenzeuge des Geschehens war und die Polizei gerufen hat, erwähnt sie nicht. Braucht ja nicht jeder zu wissen, ihr Privatleben.

„Herr Staatsanwalt, bitte", wendet sich Sandra an Dr. Hämmerle, der sich mittlerweile eifrig Notizen macht.

„Ich kannte Kaplan Höfle persönlich." Er hat nach Abschluss des Theologiestudiums an der Wirtschaftsuniversität über *Rechtliche Fragen kirchlicher Unternehmen* dissertiert. Da war er schon Mitglied einer erzkonservativen, elitären Organisation innerhalb der katholischen Kirche. Trotz vieler Anfeindungen und Versuche, sie schlechtzureden, wächst der Einfluss dieser Leute. Unlängst sind sie in einen Finanzskandal in Italien verwickelt gewesen. Toni Höfle war der Regionalchef in Österreich, Bayern und der Schweiz.

„Auf was will ich hinaus", Dr. Hämmerle räuspert sich und

putzt dabei die Gläser seiner topmodischen Brille. Mehrere Gegebenheiten scheinen ihm bei der Ermittlung wichtig: der Lebensstil, Geld, Einfluss, Macht, können ein Tatmotiv sein, möglicherweise innerkirchliche Verwicklungen und natürlich aber auch das Sexualleben. Er weiß noch zu berichten, dass Kaplan Höfle eigentlich Schauspieler werden wollte, aber die Schauspielschule nicht geschafft hat.

„Zum Studium und zu einer steilen Karriere hat es aber dann scheinbar doch gereicht", schließt Dr. Hämmerle seine Ausführungen.

„Kevin, berichtest du? Oder soll ich?", fragt Sandra.

„Ich mach das schon." Er schildert die Befragung von Franz Höfle und wie dieser seinen Bruder sah. Sandra freut sich, er ist nicht mehr so aufgeregt.

„Fazit, es wurde uns da eine ziemlich heile Familienwelt vorgegaukelt. Ich habe mich dann an den Computer gesetzt und mit meinem Onkel, der sein ganzes Leben bei *höfle der bäcker* gearbeitet hat, telefoniert."

Da ist ein anderes Bild herausgekommen. Es gab jahrelange Streitigkeiten zwischen Rita und Franz, der ihr angeblich zu wenig Geld hat zukommen lassen. Als das geklärt war, gab es eine kurze ruhige Phase, in der Franz alleine schalten und walten konnte. Bis dann Toni Höfle, der Halbbruder und das verhätschelte Kind aus zweiter Ehe des Seniors, in den Ring gestiegen ist. Er ist erheblich jünger und wurde irgendwo in der Schweiz in einem Internat ausgebildet und hatte vom Firmengeschehen vermutlich keine Ahnung, aber dennoch hohe finanzielle Forderungen. Franz hat das schnell geglättet und Toni ist nach Salzburg auf die Schauspielschule gegangen.

„Für kurze Zeit saß er im Vorstand." Mit dem Tod des Seniors schied auch er wieder aus. Das hat der Computer ausgespuckt.

„Auszüge aus dem Firmenbuch habe ich hier." Kevin deutet auf ein paar Blätter, die er vor sich liegen hat.

„Das lässt durchaus Rückschlüsse auf gröbere familiäre Querelen zu." Ein solides Tatmotiv, meint Sandra. Dr. Hämmerle greift Kevins Informationen auf.

„Diese Ecke möchte ich mir genauer anschauen, ohne direkt in eure Ermittlungsarbeit einzugreifen." Sandra gibt ihm zu verstehen, dass sie für jede Hilfe dankbar ist.

„Sind wir nun mit allen Berichten fertig?", fragt sie in die Runde.

„Dann kommen wir zur nächsten Geschichte. Hanife und Schorsch, bitte." Die beiden geben eine Zusammenfassung der Besprechung mit Friedl und Hippo und referieren über die neuen Erkenntnisse, die die Auswertung von Handy und Computer gebracht haben.

„Das Amulett ist vielleicht ein guter Hinweis", meint Schorsch dazu.

„Wir werden in den nächsten Tagen ein paar Leuten auf den Zahn fühlen." Hanife schildert, was sie und Schorsch vorhaben.

„Gut, haltet mich auf dem Laufenden. Was ist mit den Bränden?", kommt Sandra zum nächsten Punkt. Es wurden mehrere Personen, die in das von Feuersinger erstellte Profil fallen, vorgeladen.

„Das war's dann." Sandra bedankt sich.

„Wir sehen uns morgen zur selben Zeit."

Der Abend ist lau. Sandra joggt in einem gemächlichen Tempo nach Lustenau ins Ochsenvorach. Hin und wieder wird sie von Fahrradfahrern überholt. Die tiefstehende Sonne über den Schweizer Bergen taucht die Riedlandschaft in ein grünes Farbenmeer. In den knapp 50 Minuten, die sie für die Strecke braucht, sortiert sie im Kopf die anliegenden Fälle.

Eigenartig, was es für Leute gibt und wie vielschichtig deren Persönlichkeitsmerkmale sind. Sie erinnert sich an ihren Vater, der immer gesagt hat: In den Kopf eines Menschen kann man nicht hineinschauen. Die kuriose Wohnung des Kaplans beschäftigt sie besonders. Sie ist gespannt, was die Auswertung von Computer und Handy bringt. Welche Schichten da noch ans Licht kommen? Die Familie Höfle müssen sie sich genau anschauen und die Geschäftsgebarung. Mit dem Staatsanwalt haben sie da einen prima Partner. Die Ermittlungen zum Fall Cimarolli nehmen auch Fahrt auf. Hanife, Schorsch und Friedl werden schon so lange daran bohren, bis ein Ergebnis vorliegt. Die Brandermittlungen machen ihr noch etwas Kopfzerbrechen, da sind noch zu viel lose Fäden. Dennoch.

Guter Dinge läuft sie den letzten Kilometer zu Friedls Anwesen. Auf der Weide weit vor dem Haus steht Kasimir. Als er sie erkennt, kommt er zum Zaun gerannt und begrüßt sie freudig mit einem kräftigen „Iahh." Kurz bleibt sie stehen und krault ihn hinter den Ohren.

Hilde und Friedl haben den Tisch im Garten gedeckt. Aus dem Backhaus duftet es nach gebratenem Huhn und Rosmarin. Frischer Salat aus dem Garten steht auf dem Tisch.

„Spring noch schnell unter die Dusche, das Huhn braucht noch etwas." Hilde führt Sandra ins Haus und drückt ihr ein frisches Handtuch in die Hand.

„Friedl kommt auch gleich, er werkelt noch, wie immer, irgendwo herum. Du kennst ihn ja", scherzt sie.

Während des Essens reden sie über Gemeindepolitik und Mode. Keine Arbeitsgespräche, hat sich Hilde ausgebeten.

„Ohne die regelmäßigen Einladungen zu euch würde ich doch glatt vom Fleisch fallen."

Sandra langt sich die letzte Keule und beißt herzhaft hinein. Nach dem Essen ist der Tisch gemeinsam schnell abgeräumt. Es wird dunkel und Friedl zündet die Windlichter an. Hilde schenkt Wein nach und legt eine Rolle mit Bauplänen auf den Tisch.

„Bald geht es los. Die Pläne sind fertig." Hilde und Friedl

schildern anhand der Pläne, wie ihr künftiges Heim aussehen wird. Sandras Blick bleibt bei zwei eingezeichneten Kinderzimmern hängen. Fragend schaut sie Hilde an.

„Ja, zu Weihnachten ist es so weit." Hilde streicht sich über den Bauch und Friedl strahlt.

„Du bist die Erste, die davon weiß."

„Darauf müssen wir anstoßen." Friedl füllt nochmals die Gläser mit Wein. Hilde bleibt beim Wasser. Kurz bevor Sandra zum Aufbruch bläst, schaut auch noch Muhammad vorbei. Er ist aufgeregt.

„Stellt euch vor, ich kann am Aufbaulehrgang zur Reifeprüfung teilnehmen." Auch er bekommt noch ein Glas Wein.

Fünf auffällige Fahrzeuge, Geländewagen und SUVs in schwarz und olivgrün, darunter sogar ein Hummer, stehen in Reih und Glied aufgefädelt, entlang der Schotterstraße vor der Alpe oberhalb vom *Bödele*. Allesamt teure Autos mit Dornbirner Kennzeichen. Der schmale Sichelmond schimmert abnehmend über der *Mörzelspitze*. Es geht auf Neumond zu.

Ein widerkehrendes schmatzendes Geräusch, das die Wasserbüffel beim Untertauchen im nahen Tümpel verursachen, ist zu hören. Sie wirken aufgeschreckt ob der nächtlichen Besucher, die mit ihren lauten Fahrzeugen angerückt sind. Sie fühlen sich gestört.

Ein Chauffeur sitzt auf der schmalen Bank neben dem Eingang des Knechthauses. Der kleine Platz zwischen den Gebäuden ist mit einer Laterne spärlich ausgeleuchtet. Gelangweilt zieht er an einer Zigarette und spielt mit seinem Handy. Die Uhr zeigt schon weit nach Mitternacht. Hin und wieder wirft er einen Blick über den kleinen Innenhof zum Herrenhaus. Dort aus der Stube schimmert immer noch Licht durch die kleinen Fenster zu ihm herüber. Das wird wohl noch dauern.

Das friedliche Bild trügt. Drinnen geht es heiß her. Der

Vorsitzende der Schwarzenberg-Konferenz, wie sich der Zirkel nennt, hat kurzfristig zu einer Besprechung geladen. Sie agieren getarnt. Offiziell gelten sie als eine honorige Jagdgesellschaft. Der Besitzer der Alpe hat keine Ahnung, was da eigentlich vor sich geht. Eigentlich treffen sie sich nur einmal im Jahr, um Einfluss auf Dornbirn zu nehmen. Heute musste eine Sonderkonferenz eingeschoben werden, weil der Hut brennt.

Eine Schattenregierung, die es versteht, leise und behutsam, mit Lobbying, Geldspenden, Erpressung und Drohungen, ihre Interessen durchzusetzen. Kein gewählter Gemeindepolitiker hat das je durchschaut, schon gar nicht die Bürger. Seit Jahrzehnten entsenden Industrielle, Banken, Handels- und Gewerbebetriebe sowie Immobilienentwickler je einen Vertreter zur Konferenz: Mitglieder des Vorstandes, Aufsichtsräte, Eigentümer. Die Treffen sind geheimbündlerisch angelegt. Protokolle und Abmachungen enthalten keine Namen, werden nur an jene versandt, die wieder einen Auftrag im Interesse der Gruppe zu erledigen haben. Eben doch irgendwie eine Jagdgesellschaft. Anfüttern oder Abschießen ist meistens die Devise. In Ruhe leben lassen eher nicht.

Entstanden ist das Ganze im letzten Drittel des vorigen Jahrhunderts. In den Jahren des Niederganges großer Betriebe, wo keiner wusste, wie es weitergehen sollte. Ein findiger Bankrotteur, der sich mit Verschwörungstheorien beschäftigt hat, hat das Muster der berühmt-berüchtigten Bilderberg-Konferenz herangezogen, die seit dem Ende des Kriegs angeblich die westliche Welt gegen den Einfluss des Kommunismus schützen will. Er hat es auf die Kleinheit der Stadt zurechtgestutzt und in vielen Gesprächen in Hinterzimmern umgesetzt.

Dass die Stadt wieder mit guten Zahlen dasteht und die Interessen der Wirtschaft Gehör finden, schreiben sie sich auf ihre Fahnen. Die auf alten Fabrikgeländen errichteten Gewerbeflächen und Einkaufszentren entwickelten sich über die

Jahre prächtig. Neue innovative Betriebe erzielen beachtliche Erfolge. Dass das Ganze demokratiepolitisch bedenklich und zum Teil kriminell ist, schert sie wenig. *Money makes the world go round.*

„Deine Gruppe hat das ja angezettelt und jetzt bekommt ihr kalte Füße. Ich habe immer davor gewarnt, den Bogen nicht zu überspannen", poltert der Vertreter der Banken. Um seinem Unmut noch mehr Ausdruck zu verleihen, ist er aufgesprungen und hält eine Wutrede, in der er den Vertreter der Industrie wüst beschimpft.

Dem Vorsitzenden, er vertritt eben die Interessen der Industrie, ist das äußerst unangenehm. Ihm ist nämlich zu Ohren gekommen, dass die Polizei ziemlich nahe an der Serie der Brandstiftungen dran ist. Unter anderen sei auch der Kopf der Gruppe *Brand und Land*, wie das Projekt in ihrem Jargon heißt, zu einem Gespräch vorgeladen worden. Deshalb die kurzfristig einberufene Beratung.

In der Folge reichen die Argumente, von da wird schon nichts herauskommen, wir machen weiter, bis, wir müssen das sofort einstellen und Strategien entwickeln, damit sicher nichts auffliegt.

„Seit sie im Land so stur mit der Grünzone und den Betriebserweiterungen sind, brauchen wir die Grundstücke in der Stadt", wird wiederholt argumentiert.

Aber auch Angst schleicht sich in die unterschiedlichen Argumentationen ein. Nicht nur der Platz für Erweiterungen ist knapp geworden, auch die Automatisierung und Digitalisierung, wie sie im asiatischen Raum greift, macht ihnen vermehrt Sorgen. Wir dürfen die Marktführung in diesem und jenem Bereich nicht verlieren, ist immer wieder zu vernehmen. Auf alle Fälle darf es nicht so weit kommen wie in anderen Gemeinden, wo mittels Volksabstimmungen den Wirtschaftsunternehmen jede Entwicklungsmöglichkeit genommen wird. In den frühen Morgenstunden erzielen sie eine Einigung, wie es kurzfristig weitergehen soll.

„Das mit deinem Bruder ist tragisch“, kondoliert der Vertreter des Gewerbes im Namen der Teilnehmer, unter Allfälligem, dem Vorsitzenden.

Als die ersten Sonnenstrahlen über die Bergkuppen blitzen, kurvt eine Kolonne schwerer Geländewagen, Staubwolken hinterlassend, zurück ins Tal. Endlich finden die Wasserbüffel ihre Ruhe.

#6

„Ja, schauen Sie, im Weinberg des Herrn kann man sich das nicht aussuchen, alle erhalten den gleichen Lohn“, gibt sich Ferdinand Wachter, der Diözesanbischof, theologisch kryptisch. Er ist ein älterer, klein gewachsener, gut genährter Herr und sitzt, mit dem Brustkreuz spielend, bei Sandra im Büro, mit seinem hageren Sekretär an der Seite. Bischof Wachter gilt als leutselig, manche behaupten, er sei ein schlauer Fuchs, aus bäuerlichen Verhältnissen stammend, aufgewachsen im inneren Montafon.

„Sie haben doch sicher etwas gewusst“, beharrt Sandra auf ihrer Frage. Langsam wird sie ärgerlich. Die gemütliche ich-habe-alle-Zeit-der-Welt-Haltung des Bischofs macht sie aggressiv.

„Doch, doch,“ erwidert dieser immer noch gelassen und erzählt ihr nach und nach, was er in den letzten Jahren mitbekommen hat oder was ihm zugetragen wurde. Er nahm die Vorwürfe gegen Kaplan Toni Höfle durchaus ernst. Setzte sich sogar mit der Staatsanwaltschaft in Verbindung.

„Mit Missbrauchsvorwürfen ist nicht zu spaßen. Die schauten sich das auch gründlich an. Die Suppe war aber immer zu dünn“, legt er seine Haltung klar dar.

„War da innerkirchlich auch kein Hebel anzusetzen? Die Kirche hat ja schließlich sehr hohe Moralansprüche“, hakt Sandra nach.

„Tja, das ist eben sehr heikel.“ Endlich hört der Bischof auf mit dem Brustkreuz zu spielen und beginnt Klartext zu reden.

Höfle hatte eine hohe Funktion in einer weltweit agierenden kirchlichen Organisation inne. Er war direkt seinen Vorgesetzten in Rom unterstellt. Gewisse Kreise dort sahen ihn schon als künftigen Bischof in Vorarlberg. Diese interessiert eigentlich nicht, was in der Provinz wirklich vorgeht, vor allem wollen sie nicht gestört werden. Bei dieser Bemerkung macht der Bischof eine wegwerfende Handbewegung. Sein Unmut darüber ist ihm deutlich anzusehen.

„Als Kaplan war Höfle bei den Leuten beliebt und konnte mit den Medien gut umgehen", berichtet er weiter. Aber ganz sauber war das alles nicht. Er vermittelte den Leuten ein verqueres Bild von der Kirche. Ihm ging es nie um wirkliche Seelsorge. Man sah ihn nicht in Krankenhäusern und Altersheimen oder bei einfachen Menschen, die mit ihrem Leben nicht zurechtkamen. Er verkehrte fast nur mit Reichen und Schönen und schmeichelte sich ein, um seine konservativen, elitären Ideen zu verbreiten. Einfluss und Macht waren seine Ziele.

„Sogar politische Entscheidungsträger sprangen auf seinen Karren auf", ärgert sich der Bischof.

„Als gebürtiger Dornbirner und weil er vielleicht aus familiären Gründen hier leben wollte, hat er sich der Diözese als Seelsorger zur Verfügung gestellt. Das kann gutgehen oder auch nicht, wie Sie ja sehen, aber Weisungen konnte ich keine geben."

Sandra beginnt langsam zu verstehen, auf was der Bischof mit dem eingangs erwähnten Bibelzitat hinaus wollte.

„Gegner und Feinde hatte er aber", stellt Sandra fest.

„Können Sie sich vorstellen, dass das Motiv oder gar die handelnden Personen im unmittelbaren kirchlichen Umfeld zu suchen sind?", bohrt sie weiter. Der Bischof überlegt kurz und schüttelt den Kopf.

„Nein, das glaube ich nicht und Mord sowieso nicht. Das ist doch mittelalterlich. Sowas braucht es heutzutage doch nicht mehr." Da gibt es doch wohl Subtileres, um unliebsame Personen außer Gefecht zu setzen, meint er und spielt auf diverse Skandalgeschichten in den sozialen Medien in der letzten Zeit an, die höchste Würdenträger zu Fall brachten.

„Und ja, so wichtig wie es in der Öffentlichkeit den Anschein hatte, war er ja auch nicht."

Diese Einschätzung überrascht Sandra dann doch und lässt bei ihr Zweifel aufkommen.

„Wo würden Sie denn die Suche ansetzen?"

„Nicht in kirchlichen Kreisen. Familie, privates Umfeld vielleicht." Da sei er aber überfragt, weicht der Bischof aus.

„Das ist Ihr Jagdrevier, Frau Dorner."

Mehr ist aus dem Bischof nicht herauszuholen. Sie wirft Kevin, der das Gespräch protokolliert, einen Blick zu, um ihm zu signalisieren, dass sie die Befragung langsam beenden will.

Bei der Verabschiedung meldet sich der Sekretär des Bischofs das erste Mal zu Wort. Es sei eigentlich egal, ob sie nun den Täter oder die Täterin finden, hauptsächlich sollen die Ermittlungen kein Aufsehen erregen. Der Schaden für das Ansehen der Kirche sei ja schon groß genug. Völlig überrascht ist Sandra dann bei der Verabschiedung von der Einladung des Bischofs.

„Wenn das unselige Kapitel geschlossen ist, gehen Sie mit mir einmal auf die Jagd."

Nachdem der Bischof samt Sekretär das Büro verlassen hat, holt sich Sandra eine Kanne Grüntee aus der Teeküche. Zurück an ihrem Arbeitsplatz, fragt sie Kevin.

„Was hältst du von dem Ganzen?"

„Schwammig." Die Vorwürfe bezüglich sexueller Verfehlungen von Kaplan Höfle stören ihn massiv. Da ist er ja auch aktiv geworden. Auch, dass Höfle als sein Nachfolger gehandelt wird, ärgert ihn.

„Aber irgendwie", Kevin überlegt kurz.

„Ich weiß nicht, wie ich es formulieren soll. Diese Glamourwelt, in der sich Höfle bewegte, gefiel ihm schon irgendwie. Mein Eindruck ist, obwohl er das Gegenteil behauptete, dass er die vielen öffentlichen Kontakte des Kaplans doch schätzte. Sie werfen ja auch Licht auf seine Person."

„Die Argumentation des Bischofs hat zwar schon etwas für sich, aber seine Körperhaltung dabei, als er sie vorgebracht hat, hat mich irritiert. Die Botschaft, die ich herausgehört habe, war eindeutig: Lassen Sie die Kirche aus dem Spiel", fasst Sandra die Besprechung zusammen.

Am Ende ihrer Überlegungen kommen Sandra und Kevin dennoch zum Schluss, die Ermittlungen nicht nur auf Familie und privates Umfeld einzuschränken.

Es klopft an der Tür. Andreas Lecher steckt den Kopf herein.

„Chefin, darf ich kurz stören?" Er fragt, wie er die Vernehmung der beiden Obfrauen der Kongregation angehen soll.

„Gemeinsam, hier auf der Inspektion?" Sandra überlegt kurz.

„Nein, nimm dir etwas Zeit, einzeln, fahr zu ihnen. In entspannter Atmosphäre erfährst du vielleicht mehr."

„Und knüpfe dir zuerst Agathe Luger, die rabiate Eierwerferin bei der Demo gegen die Yogaleute, vor."

Trotzig sitzt Alfons Sohm, Forstarbeiter in Frührente, am Vernehmungstisch des kleinen Besprechungsraums. Auf seiner Stirn zeichnen sich Schweißperlen ab. Immer wieder wischt er diese mit einem dreckigen Taschentuch ab. Kein Wunder, er trägt bei den schon fast sommerlichen Temperaturen eine grobe Arbeitshose, schwere Schuhe und ein rot kariertes Flanellhemd, darüber ein fellgefüttertes Gilet. Zudem scheint ihm die Vorladung hinten und vorn nicht zu passen.

„Du bist schon ein falscher Fünfziger", fährt er Schorsch an, der mit Hanife die Befragung durchführt. Er beklagt sich, dass Schorsch ihnen schon einen Tipp hätte geben können, unter Freunden, damit sie der Verkehrskontrolle auskommen.

„Na, na, fast zwei Promille, ein desolates Fahrzeug und jetzt noch Beamtenbeleidigung", kontert Schorsch und fuchtelt mit den schriftlichen Aufzeichnungen, die bei der Überprüfung gemacht wurden, bedrohlich in der Luft herum.

„Herr Sohm, die Tatsachen lassen sich nicht unter den Tisch

kehren", übernimmt Hanife das Gespräch.

„Aber, die Unterlagen liegen noch bei uns. Das Ausmaß der Bestrafung hängt schon von Ihnen ab, zum Beispiel wie einsichtig Sie sich zeigen. Es ist ja nicht das erste Mal, dass sie alkoholisiert ein Fahrzeug in Betrieb genommen haben." Hanife lässt die angedeutete Verhandelbarkeit bewusst in der Luft hängen.

„Phöne, jetzt beruhige dich, das wird schon", gibt sich Schorsch etwas freundlicher, fast kollegial. Er schnaubt dabei und lenkt das Gespräch mit der nächsten Fragestellung in Richtung Privates und Allgemeines. In der Hoffnung, dass Sohm ihnen etwas erzählt.

„Solche Sauftouren stehen doch bei euch öfters auf der Tagesordnung, oder?"

„Das war einmal." Sohm holt weit aus. Früher, ja. Da hat man sich in den einschlägigen Gasthäusern oder privat ein bis zwei Mal in der Woche getroffen. Immer die gleichen zehn, zwölf Kerle vom Bau und vom Forst, auch Vertreter waren dabei. Kartenspielen, politisieren, Schwarzarbeit in der Freizeit organisieren. Es gab immer was zu tun und danach halt ein paar Bier.

„Das gehört der Vergangenheit an." Zwei von ihnen sind gestorben, der eine oder andere hat gesundheitliche Probleme bekommen. Weiber haben hineinregiert.

„So wie du das vor Wochen erlebt hast, das gab es nur noch gelegentlich."

„War es der plötzliche, unerwartete Tod von Bruno Cimarolli, dass es wieder einmal so wie früher war?", unterbricht Hanife den Erzählfluss von Sohm. Schorsch zwinkert ihr zu und nickt.

„Kann sein, der hat die Truppe, auch wenn es hart auf hart zuging, immer zusammengehalten."

Dass schlussendlich die Männerrunde auseinandergebrochen ist, lag an etwas anderem. Der entscheidende Grund war Geld.

Einige von ihnen haben über Jahre in einer Wettgemeinschaft Lotto gespielt und endlich etwas gewonnen. Die sind überheblich geworden, Autos, Reisen, wer noch konnte, Frauen.

„Das hat uns auseinandergebracht“, fasst Sohm zusammen.

„Man hat also gewusst, wer da plötzlich zu Reichtum gekommen ist?“, fragt Schorsch in belanglosem Plauderton und lehnt sich entspannt zurück. Er ist schon ein ausgefuchster Typ, geht es Hanife durch den Kopf. Sie muss sich ein Grinsen verkneifen.

„In Geldangelegenheiten haben wir uns öfters ausgeholfen, da gab es kaum Geheimnisse.“ Er nennt drei Namen.

„Es kann aber sein, dass nur zwei zu Geld gekommen sind und aus irgendeinem Grund den Dritten mitnaschen ließen.“ Zu Cimarolli weiß Alfons Sohm nichts Konkretes.

„Ihn habe ich nie ganz durchschaut. Möglich oder auch nicht. Ist doch jetzt auch wurscht, er ist tot.“

„Jetzt sind wir aber sauber vom Thema abgekommen.“ Schorsch blickt auf die Uhr.

„Die Trunkenheit am Steuer müssen wir weiterleiten. Bei den Promille gebe ich dir einen Rabatt. Es wird schon nicht so teuer werden. Die Rechnung schickt dir die Bezirkshauptmannschaft.“ Sohm seufzt erleichtert.

„Aber das Auto lässt du sofort richten. So arg ist es ja nicht. Da drücken wir ein Auge zu. Den falschen Fünfziger nimmst du zurück. Alles klar?“ Erleichtert verabschiedet sich Alfons Sohm.

„Und“, grinst Schorsch, als Sohm bei der Tür draußen ist, Hanife an, die kalte Virginia lässt er dabei von einem zum anderen Mundwinkel rollen.

„Du weißt schon, dass du dich jetzt strafbar gemacht hast: Amtsmissbrauch. Du kannst doch nicht, mir nichts dir nichts, den Grad der Alkoholisierung zu seinen Gunsten abändern, nur weil er uns auf die Schnelle durchaus ein paar interessante

Namen genannt hat“, entrüstet sich Hanife.

„Eigentlich müsste ich das der Chefin melden“, schiebt sie noch mit erhobenem Zeigefinger und mit gespielter finsterer Mine nach. Mit Schorsch ist es ein Kreuz, aber was soll´s.

„Hand wird nur von Hand gewaschen und mit Kleinigkeiten halten wir uns nicht auf. Wir wissen jetzt, was zu tun ist“, kontert Schorsch.

„Halt, nicht so schnell“, unterbricht ihn Hanife. Bevor sie sich die drei genannten Personen vorknüpfen, sollten sie sich die Finanzen von Bruno Cimarolli schon im Detail nochmals anschauen. Die Bankauszüge sind beim Akt.

Andreas Lecher hat sich einen Schlachtplan zurechtgelegt. Dass es dann noch besser kam, überraschte ihn selbst. Als er das Auto einparkt, um mit den Bauarbeitern, die mit der neuen Kanalisation in der *Bäumlegasse* beschäftigt sind, zu reden und ihnen den einen oder anderen Hinweis zur Sicherheit der Baustelle zu geben, wird er von einer Frau, die sich im Garten eines der gegenüberliegenden Häuser aufhält, gerufen.

Es ist doch glatt Agathe Luger, die in einer Kittelschoß mit Blumenmuster aus den 50-ern, Arbeitshandschuhen und Gummistiefeln an der Tür des hölzernen Lattenzauns steht und ihm zuruft, er möge doch nachher zu ihr auf einen Kaffee vorbeikommen. Der Einladung folgt er gerne.

Nachdem er das Gespräch mit den Arbeitern beendet hat, wechselt er die Straßenseite und trifft dort auf die wartende Frau. Sie führt ihn durch einen gepflegten Gemüsegarten, der hinter dem Haus von einem Blumengarten abgelöst wird.

„Da gedeiht ja alles prächtig“, leitet Andreas Lecher zwanglos das Gespräch ein.

„Ich habe halt einen grünen Daumen“, bemerkt Agathe Luger dazu und zupft an ein paar Blumen herum.

„Nehmen Sie doch Platz“, Agathe weist auf die Gartenbank

vor dem mit Weinlaub umrankten Schuppen.

„Ich mache uns eine Tasse Kaffee. Bin gleich wieder da." Nach kurzer Zeit erscheint sie mit den Tassen ihres Zwiebelmusterservices, Milch und Zucker auf einem Tablett. Nachdem sie das Tablett abgestellt und die Tassen zurechtgerückt hat, setzt sie sich, einen Seufzer ausstoßend, zu ihm.

„Was kann ich für Sie tun", beginnt Lecher das Gespräch. Agathe Luger nimmt die Brille ab, streicht etwas verlegen eine Haarsträhne, die sich aus dem Knoten ihres Dutts gelöst hat, aus dem Gesicht.

„Herr Inspektor, es ist wegen dem Vorfall, unlängst", beginnt sie zögerlich. Lecher muss sich ein Grinsen verkneifen.

„Aha, und?", gibt er sich unverbindlich.

„Es tut mir leid, was ich da gemacht habe, war falsch", äußert sie sich kleinlaut. Ihr schlechtes Gewissen plagt sie. An diesem Abend war sie irgendwie aufgekratzt. Vielleicht lag es an der Rede des Kaplans vor der Demonstration. Sie schlägt ein Kreuzzeichen, ein „Gott hab ihn selig", murmelnd.

„Die war so, ich weiß nicht wie ich das sagen soll." Auf alle Fälle seien ihr halt dann die Pferde durchgegangen. Vielleicht wäre es auch nicht passiert, wenn er bei der Demonstration dabei gewesen wäre.

„Er hatte aber gleichzeitig einen wichtigen Termin." Er hätte sie sicher zurückgehalten, sinniert sie vor sich hin. Eine Pause entsteht.

„Da passiert nicht viel, bis gar nichts", beruhigt sie Lecher.

„Sie sind doch bisher tadellos beleumundet. Höchstens eine Abmahnung", fährt er in einer etwas altväterlichen Tonart fort. Damit punktet er bei Agathe Luger, die sich in der Folge bereitwillig seinen Fragen stellt.

Es habe in der Kongregation schon seit längerer Zeit gekriselt. Schuld daran war, ihrer Meinung nach, die Obfrau Wilma Thurnher.

„Die hat sich plötzlich eingebildet, etwas Besseres zu sein." Herumkommandiert hat sie uns. Nichts war ihr recht, in einer Tour Belehrungen.

„Und um den Kaplan ist sie dauernd herumgeschwänzelt." Damit scheint sie auch Erfolg gehabt zu haben. Er wurde von ihr regelrecht verführt, der Arme. „Ein berechnendes Luder", ereifert sich Agathe Luger.

Lecher nimmt einen Schluck Kaffee und erkundigt sich mit ernster Miene weiter.

„Wie muss ich mir das vorstellen?"

„Jede Gelegenheit hat sie genutzt, um in seiner Nähe zu sein." Agathe Luger nennt ein paar Beispiele, die augenfällig waren. Sie ist dann schnell dahintergekommen, was da gespielt wird.

„Wissen Sie, ich bin sehr geruchsempfindlich." Der Kaplan pflegte ein außergewöhnliches Rasierwasser zu verwenden. Dieser Geruch in Wilmas Haus ist ihr aufgefallen, immer dann, wenn ihr Mann auf Geschäftsreisen war.

„Nicht, dass ich sie ausspioniert habe, das geht mich ja alles nichts an. Da muss man halt nur zwei und zwei zusammenzählen."

„Aha, und wie schätzen Sie das Verhalten des Kaplans ein, der sollte doch …", bohrt Lecher weiter.

„Der konnte doch nichts dafür. Halt ein Mann in den besten Jahren." Ein Heiliger, klare Linie in Glaubens- und Sittenfragen, eigentlich das Opfer einer intriganten, sexbesessenen Frau. Irgendwie verzeihlich, sein Tod tragisch.

Nachdem Agathe Luger die Schimpftirade gegen Wilma beendet hat, kommt sie nochmals auf die Krise der Kongregation zu sprechen. Nicht nur das Verhalten von Wilma und das Ableben des geistlichen Führers der Gruppe machen Agathe Luger Sorgen. Sie äußert einen schwerwiegenden Verdacht.

„Sie haben doch sicher das Spektakel um die neue Rezeptur

des Hefe-Stollens von *höfle der bäcker* mitbekommen? Das ist doch Stadtgespräch." Da ist was oberfaul, behauptet Frau Luger. Die Rezeptur gleicht dem Backverfahren der Kongregation, wie ein Ei dem anderen. Sie hat den Stollen von *höfle der bäcker* mehrfach gekostet und verglichen.

„Auf meinen Geschmacks- und Geruchssinn ist Verlass."

„Gut, und wer hatte da, Ihrer Meinung nach, seine Finger im Spiel?"

„Das würde ich auch gerne wissen." Aus ihren Reihen sicher niemand, da legt sie trotz aller Vorkommnisse, Rivalitäten und sexuellen Verfehlungen, die Hand ins Feuer.

„Überstunden mach ich keine, ich gehe pünktlich um fünf." Schorsch und Hanife kommen von der Streife zurück. Ein brütend heißer Tag, zwei Unfälle, stundenlanger Einsatz am Kreisverkehr beim *Messepark*: Verkehrsüberlastung. Schorsch ist verschwitzt, lässt sich schwerfällig auf den Stuhl an seinem Arbeitsplatz nieder und flucht auf das neue Gebäude, weil die Klimaanlage wieder einmal ausgefallen ist.

„In zwei Stunden kriegen wir das schon hin", muntert Hanife den grantigen Alten auf und reicht ihm eine Tasse mit kaltem Grüntee.

„Der bringt dich wieder in Schwung. Was hast du heute noch so Wichtiges vor?"

„*Birkenwiese*, Fußball ist angesagt." Seit dem Aufstieg in die zweite Liga versäumt er kein Spiel. Heute steht das Lokalderby gegen den Erzrivalen Austria Lustenau bevor.

„Dann hoffen wir für dich und deine Laune, dass der *FC Dornbirn* gewinnt."

Beide nehmen sich die Bankauszüge und Vermögensaufzeichnungen von Bruno Cimarolli vor. Nach einer Viertelstunde blickt Hanife von den Unterlagen auf. Die Geräuschkulisse im Büro hat sich verändert. Das unwillige Schnauben und die Schmatzgeräusche mit der kalten Virginia sind in ein leises Schnarchen übergegangen. Hanife zieht vorsichtig die Papiere, die vor Schorsch liegen, zu sich und lässt ihn dösen. Allein kommt sie schneller voran. Kurz vor fünf wird sie ihn wecken.

„Habe ich jetzt glatt geschlafen. Bist du fündig geworden?", Schorsch drückt seinen Rücken durch und gähnt.

„Noch nicht! Schau, dass du pünktlich zum Match kommst, zur Besprechung reicht es, wenn einer von uns dabei ist", wimmelt sie ihn ab. Sie ist auf eine Fährte gestoßen, ist sich aber noch nicht ganz sicher.

Sandra blickt in die Runde.

„Wo ist denn unser alter Haudegen geblieben?", fragt sie eher beiläufig, aber dadurch dennoch signalisierend, dass sie den Dienstplan im Kopf hat.

„Zum Match!" Die Information sorgt für Verwunderung unter den Anwesenden. Unterläuft Schorsch schon wieder einmal die Autorität der Chefin? Freizeitvergnügen oder Ermittlungen auf eigene Faust? Bei ihm weiß man das ja nie so genau.

„Darf ich gleich anfangen", prescht Hanife, die Kommentare zu Schorschs Dienstauffassung ignorierend, vor. Sie berichtet, was das Gespräch mit Alfons Sohm ergeben hat und welche Schlüsse sie daraus gezogen haben.

„Wir sind noch dran, das dauert noch. Morgen wissen wir vermutlich mehr."

„Und Schorsch, was macht der?", will Sandra wissen. Dabei bläst sie sich eine rote Locke aus der Stirn.

„Der bringt sich schon ein, auf seine Art halt", weicht Hanife aus. „Kann ich jetzt gehen?"

Hanife kramt die Unterlagen zusammen, wartet noch kurz das Einverständnis von Sandra ab.

„Gut, dann kommen wir zum aktuellen Fall. Wissen wir schon etwas über die Tatwaffe?“ Lisa Fledderer räuspert sich und legt gleich los.

„Das Bäckermesser ist alt, sowas ist heute nicht mehr in Verwendung“, weiß sie zu berichten. Früher gab es solche Messer in vielen Haushalten, in denen gebacken wurde und natürlich auch in Bäckereien. Das Blut auf dem Messer ist eindeutig das von Toni Höfle. Verwertbare Fingerabdrücke sind keine vorhanden.

„Nicht allzu aussagekräftig“, meint Fledderer zu ihrem Bericht.

„Schon eigenartig, dass ein Spross aus einer Bäckerdynastie mit so einem Messer erstochen wird“, gibt Sandra zu bedenken.

„Nicht nur“, erwidert Lecher und verweist auf den Basar der Kongregation mit Produktion und Hefe-Stollen-Verkauf.

„Immerhin hatte Höfle ja auch mit denen sehr viel zu tun.“ Die Information zur Tatwaffe, löst bei Lecher plötzlich einen Gedankenblitz aus. Agathe Luger hat ihm kurz das Haus gezeigt. Er durfte einen Blick in den Versammlungsraum der Kongregation und in die Backstube werfen.

„Herrschaftseiten, ich muss noch einmal bei der Luger vorbeischauen.“ Er äußert die Vermutung, dass das Messer ja aus der Backstube stammen könnte.

„Was ist mit der Backschlacht, das war doch angeblich eine Schieberei. Könnte es nicht auch da einen Zusammenhang geben?“, bringt sich Kevin ein. Das Stichwort für Fledderer, sie fuchtelt ungeduldig mit der Hand.

„Ich bin mit meinen Ausführungen noch nicht fertig.“ Sie weiß noch zu berichten, was eine erste oberflächliche Auswertung des Computers und des Handys von Toni Höfle ergeben haben. Zum Handy: Durchaus normale Rufkontakte, er hat sich in den letzten Tagen vor dem Ableben grundsätzlich im Großraum Dornbirn aufgehalten, so die Auswertung seines Profils, aufgrund der Stationen, in die er eingeloggt war. Aufschlussreich sind seine WhatsApp Texte. Zum Teil sehr amourös, vor allem die mit Wilma Thurnher, aber auch kritisch, wie zum Beispiel zum Flopp des heurigen Basars. WhatsApp hat er hauptsächlich genutzt, um mit den Frauen der Kongregation Kontakt zu halten. Mit denen ist er sehr autoritär umgesprungen. Fledderer reicht die ausgedruckten Texte herum.

„Lest euch das selber durch und macht euch ein Bild." Die Liste der Telefonkontakte ist unendlich lang. Höfle war bestens vernetzt.

„Mich würde es nicht wundern, wenn sich unter dem Eintrag *Wastl*, der Kanzler, oder unter *Franzi*, der Papst persönlich meldet", bringt sie wieder einmal einen ihrer Scherze an. Auffällig auf dem Computer sind Dateien und Zugänge zur Firma seines Bruders.

„Entweder hat er in der Firma mitgearbeitet, was uns bisher niemand gesagt hat, oder er hat sich eingeschlichen und herumgeschnüffelt." Die Informationen überraschen alle Teilnehmer der Besprechung und es kommt zu einer längeren Diskussion, wie sie das bewerten sollen. Franz Höfle hat ihnen wirklich ein Theater vorgespielt.

„Die vielen Mailkontakte haben wir noch gar nicht angeschaut."

„Gib alles, was den Computer betrifft, an Dr. Hämmerle weiter, der soll sich darum kümmern", ordnet Sandra an.

„Vielleicht hat der Bischof mit seiner Vermutung doch recht", gibt sich Kevin in der Runde selbstbewusst und referiert zum vormittäglichen Gespräch. Sandra ergänzt dazu das eine oder andere Detail.

„Die Haltung des Bischofs ist irgendwie zwiespältig", schließt sie ihre Darlegung.

„Entschuldige Andreas, wir haben dich vorher unterbrochen.

Was gibt dein Besuch bei Frau Luger sonst noch her?", will Sandra von Andreas wissen.

„Höfle hatte ein Verhältnis mit Wilma Thurnher." Diese Feststellung überrascht niemanden der Anwesenden. Lecher berichtet auch noch, dass die Backschlacht aus Sicht von Frau Luger getürkt war und seit Neuestem die Rezeptur der Kongregation in den Stollen von *höfle der bäcker* steckt.

„Sie ist sich da sicher. Hilft uns das aber weiter?"

„Lauter Ungereimtheiten rund um den Stollen, der in aller Munde ist", setzt Kevin an und deutet auf eine neue Flipchartseite, die er gerade erstellt hat. Sie zeigt einen schnell gezeichneten Stollen in der Mitte und rundum die involvierten Personen mit Pfeilen und Strichen verbunden.

„Bäckersohn, Bäckermesser, Backschlacht, Basar, Bruder", greift Sandra das angerissene Brainstorming auf.

„Kann sein, dass hier ein Zusammenhang besteht." Sie meint aber, ihr Wissenstand zum Umfeld von Höfle sei noch zu gering, um sich nur noch auf eine Richtung bei den Ermittlungen zu konzentrieren.

„Eine härtere Gangart, ja."

Hanife sitzt noch den halben Abend im Büro und erstellt ein Profil zu den Geldflüssen von Cimarolli. Seine Einkünfte aus Gelegenheitsarbeiten waren unregelmäßig. Er arbeitete immer für die gleichen Firmen. Meist kleine Betriebe mit wenigen Mitarbeitern, für die er Handlangerdienste, Aushilfsfahrten oder Botengänge durchgeführt hat. Alle in Dornbirn ansässig. Dazwischen tauchten auch neue auf, mit einer oder zwei Zahlungen und verschwanden wieder gänzlich aus den Kontoauszügen.

Zwei, drei Überweisungen passen nicht ins Schema, sie waren im Vergleich zu den üblichen Zahlungen recht hoch. Nicht überzogen, aber doch. Das bringt Hanife auf die Idee, sich nicht nur mit den Firmennamen, die auf dem Konto als regelmäßige Überweiser vermerkt sind, zufriedenzugeben. Sie recherchiert nach den Inhabern. Und siehe da: LAFU, Theodor Fussenegger, Landmaschinenservice; GAP Xaver Rhomberg, Baum- und Gartenpflege; BEB Bertram Eberle, Erdbewegung; das sind die gleichen Namen, die Alfons Sohm bei der Einvernahme genannt hat. Interessant. Alle Betriebe schrammen regelmäßig an Konkursen vorbei, so die Informationen aus dem Firmenbuch.

Das Match ist schon seit einer Stunde abgepfiffen. Der FC hat mit 1:0 gewonnen. Das Tor fiel in der Nachspielzeit einer recht mäßigen Partie. Die *White Devils*, der Fanclub des FC, krakeelen nach wie vor, mittlerweile heiser, ihre Kampfgesänge, in die sich mehr und mehr Spottlieder auf den Gegner mischen. Durch die Niederlage enttäuscht, verlassen die letzten Austria-Anhänger mit ihren eingerollten grünen Fahnen das Stadion.

Eingefleischte Fußballexperten stehen in kleineren und größeren Gruppen um die Stände mit Bierausschank, die verstreut über das ganze Stadion aufgestellt sind und analysieren jede Phase des Spiels. Die Schiedsrichterleistung war miserabel. Den Elfer in der zehnten Minute hätte er geben müssen. Aus den Lautsprecherboxen dröhnt laute Musik, deutsche Schlager. Auf der *Birkenwiese* herrscht Partystimmung.

Beim *Mohren-Pavillon*, einem einfachen Stadel mit Schank und Bierbänken neben der Haupttribüne, ist der Andrang am größten. Auf dem kleinen Platz davor tummeln sich alle, die, zumindest auf der *Birkenwiese*, Rang und Namen haben, Stadträte, Sponsoren, ehemalige Spieler und Freunde des Vereins. Der Pavillon ist das Herz des Stadions.

Schorsch fühlt sich vom Rummel angezogen. Er will noch nicht gleich nach Hause. Es ist ihm nach Fachsimpeln und vielleicht erfährt er ja sonst noch was. Es dauert etwas, bis er zu seinem Bier kommt. Die vielen freiwilligen Helfer zapfen zwar enthusiastisch, aber langsam. Beim Anstehen trifft er jede Menge Bekannte, auch solche, die er eigentlich nicht sehen wollte. Von hinten klopft ihm einer auf die Schulter.

„Na, Schorsch, alter Bulle, setz dich doch zu uns." Er deutet in Richtung der aufgestellten Bierbänke. Dort sitzt zum Teil die gleiche Gesellschaft, wie er sie vor Wochen auf seiner privaten Ermittlertour im Rappenloch angetroffen hat. Alle haben schon mehrere Biere intus. Schorsch überlegt kurz, es zu lassen, verwirft den Gedanken aber sofort und setzt sich zu den Leuten. Die Neugier ist ein Schwein, gesteht er sich ein und prostet der Runde zu. Hoffentlich kommt die Verkehrskontrolle nicht zur Sprache.

„Der Phöne ist hochbegeistert von dir", schneidet dann doch einer das leidige Thema an. Schorsch ist es irgendwie peinlich. Selber schuld, geht es ihm durch den Kopf. Jetzt ist es aber zu spät. Er grummelt etwas Unverständliches.

„Bist du auch im Dienst, wenn wir für unsere Vergehen vorsprechen müssen?", wird das Thema zu seinem Leidwesen weiter strapaziert. Irgendwie sind sie allesamt Dummköpfe, die seinen Rechenkünsten auf den Leim gehen, denkt er sich. Dass er den Rabatt zu den Promille bei Phöne erst aufgeschlagen und dann abgezogen hat, ist ein alter Schmäh von ihm. Die Polizei, dein Freund und Helfer.

Ein Gerücht über die Verpflichtung eines neuen Spielers macht die Runde, und plötzlich dreht sich alles wieder um das runde Leder und um den Traum vom möglichen Meistertitel. Schorsch ist erleichtert und holt sich ein weiteres frisches Bier.

Es wird spät. Das Flutlicht ist schon lang erloschen, wenige Sicherheitsleuchten erhellen die Gehwege um die Tribüne. Schorsch ist bei den Letzten dabei. Nur noch wenige stehen am Tresen beim Pavillon, als die letzte Runde geschmissen wird. Beim Zahlen dann fällt eine Geldtasche zu Boden. Was er da am Boden im Halbdunkeln kullern sieht, macht Schorsch stutzig. Hoffentlich bildet er sich das nicht nur ein, nüchtern ist er ja nicht mehr.

#7

Theodor, Xaver und Bertram sitzen vor dem *Alpengasthof Kühberg* im terrassenförmig angelegten Gastgarten, gleich wenn man diesen betritt links. Dadurch haben sie einen guten Blick auf die umliegende Bergwelt. Sie sehen aber auch jeden, der auf dem Wanderweg vorbeikommt.

Einmal in der Woche laufen sie auf den *Karren* und kehren dann im allseits beliebten Gasthof zu einer Jause ein und klopfen einen Jass. Immer das gleiche Ritual, jeweils mittwochs am frühen Abend, Wurstsalat, Kirschen-Apfelmost, die Spezialität des Hauses und Zitronenbirnenbrand, den Subirer. Heute ist es in diesem Sommer das erste Mal so mild, dass sie auf dieser Höhe am Abend in Hemd und Hose draußen sitzen können.

„Gestochen", Theodor knallt triumphierend das Nell auf den Tisch und streicht die Karten ein.

„Und noch einmal", er wirft als letzte Karte den Bauern ins Spiel. Xaver und Bertram müssen mit ihren Assen klein beigeben. Sie spielen immer jeder gegen jeden. Es gibt keine spielerischen Allianzen. Theodor braucht die Stiche nicht zu zählen, er hat das Ergebnis im Kopf und überträgt es auf die Schiefertafel.

„Knapp am Matsch vorbei", freut er sich und reibt sich dabei die Hände.

„Wenn meine Glückssträhne anhält, kommt euch der Abend heute teuer", frotzelt er seine Spielpartner.

„Gestern auf der *Birkenwiese*, das war saublöd von dir", kontert ihm Xaver während des Mischens der Karten.

„Was meinst du damit, ich kann mich nicht mehr an viel erinnern."

„Du hättest den Bullen nicht an unseren Tisch bitten sollen."

„Mei, der Schorsch, der ist doch harmlos. Wir kennen uns schon seit der Volksschule."

„Er ist ein Bulle, wenn er was aufschnappt, sind wir geliefert. Dem traue ich nicht über den Weg."

„Wir müssen vorsichtig bleiben", pflichtet Bertram Xaver bei. Es reicht schon, dass die Polizei uns wegen Trunkenheit am Steuer am Wickel hat."

„Dass er sich bei unserer letzten Sauftour dazugesellt hat, war sowieso übrig", grummelt Xaver, das Thema beendend. Schweigend greifen sie wieder zu den Karten und konzentrieren sich auf das Spiel. Bei der Beendigung des nächsten Spiels, das Xaver knapp gewinnt, fragt Bertram.

„Wie läuft eigentlich deine Baustelle da drüben", er weist in Richtung Bergstation der Bahn.

„Eine Scheißarbeit", gibt sich Xaver kurz angebunden.

„Wieso, ist doch ein Auftrag der Stadt, die zahlen doch gut", hakt Bertram nach.

„Ja, schon, aber mit der Sicherung und den Gerüsten ist es schwierig." Xaver setzt dann doch zu einem ausführlichen Bericht über die Sanierung des Felsens und das Wegschneiden der Büsche unterhalb der Bahn an, als die Kellnerin plötzlich aus dem Schopf springt und sich mitten auf den Weg vor dem Wirtshaus stellt, um einen Mountainbiker abzufangen, der gerade von der *Schuttannen* kommend die letzte Kurve oberhalb des Gasthauses in einem Affenzahn nimmt und in Richtung *Karren*weg unterwegs ist. Das macht sie öfter.

„Himmelkruzifix, du Trottel, kannst du nicht lesen. Fahrverbot, Privatgrund, keine Durchfahrt für Biker", brüllt sie einen großen athletischen Mann an. Durch die abrupte Bremsung auf dem Kiesweg wirbelt Staub durch die Luft. Der Mann steigt vom Rad, bleibt aber trotz der beleidigenden Anrede freundlich, schüttelt den Kopf, schultert sein Rad und geht die kurze Strecke bis zur Weggabelung in Richtung Dornbirn zu Fuß. Die Lust auf ein schnelles Bier ist ihm vergangen. Die Szene freut die Jasser. Als die Kellnerin an ihrem Tisch vorbeikommt, prosten sie ihr zu.

„Sauber gemacht, dem hast du's aber ordentlich gezeigt", lobt Theodor die Kellnerin. Er scheint ein Auge auf sie geworfen zu haben. Zumindest an diesem Abend.

„Fahrverbot ist Fahrverbot, dem Nächsten steche ich in die Reifen. Da kenn ich nix", gibt sich die Kellnerin kämpferisch und stützt die Hände auf ihre ausladenden Hüften.

„Rosl, jetzt beruhige dich und bring uns noch eine Runde und einen Schnaps dazu", gibt Xaver eine weitere Bestellung auf.

„Was war das", hört Friedl Sandras Stimme über die Kopfhörer, als er gerade am Waldrand das Fahrrad von den Schultern nimmt.

„Die freundliche Kellnerin vom *Gasthaus Kühberg*." Er hat damit gerechnet, dass es so kommen könnte. Die Leute am *Kühberg* sind, wenn es um ihren Grund und Boden geht, bekannt dafür, für Ordnung zu sorgen.

„Pass auf Sandra. Die Zielpersonen sitzen nicht wie vermutet in der Gaststube. Draußen im kleinen Gastgarten sind auch noch weitere Gäste. Für eine mögliche Flucht haben sie es so eindeutig leichter. Plant das auf alle Fälle mit ein", schließt Friedl seinen kurzen Bericht.

Die Recherche von Hanife und die vagen Erinnerungen von Schorsch an den gestrigen Abend sind die dominierenden Themen bei der Frühbesprechung.

„Durch die Geldflüsse der drei an Cimarolli ergibt sich ein Zusammenhang", ist sich Hanife sicher. Bei der Nennung der Namen wird Schorsch, der übellaunig und etwas verkatert der Besprechung bisher nur mit einem Ohr gefolgt ist, hellhörig. Blitzartig rekapituliert er, trotz Brummschädel, nochmals den gestrigen Abend und was er so nach dem Match mitgekriegt hat. Wenn er jetzt was sagt, muss das Hand und Fuß haben. Blamieren will er sich nicht.

„Da wäre noch etwas", fängt er umständlich an. Er berichtet kurz, dass er auf dem Match war und mit welchen Besuchern er nach dem Spiel beim *Mohren-Pavillon* zusammentraf.

„Mach's nicht so spannend", wirft Sandra ein. Sie kann sich gut vorstellen, was da abgegangen ist und welche Rolle Schorsch gespielt hat. Die von Hanife genannten waren auch dabei.

„Und", Sandra wird langsam ungeduldig.

„Das Amulett, die gelochte Münze, es ist Xaver Rhomberg beim Zahlen der letzten Runde aus der Geldtasche gefallen." Es dauert einige Augenblicke, bis allen bewusst wird, dass sie schlagartig der Lösung des Falles nähergekommen sind.

„Bist du dir wirklich sicher?", vergewissert sich Sandra nochmals. Schorsch nickt.

„Das heißt Theodor Fussenegger, Xaver Rhomberg und Bertram Eberle gelten als tatverdächtig. Sie waren als Schlepper tätig und sind vermutlich für den Tod der beiden Afrikaner verantwortlich, zusammen mit Bruno Cimarolli, sehe ich das richtig?" Erst durch eine nochmalige Bestätigung von Schorsch und einigen zusätzlichen Argumenten von Hanife sind alle Zweifel und Einwände der Gesprächsteilnehmer beseitigt.

„Ganz vertrottelt werde ich durch ein paar Bier noch nicht", gibt sich Schorsch dabei künstlich entrüstet.

„Wie weiter, haben wir Wohnanschriften von den dreien? Wir sollten sie auf alle Fälle noch heute stellen. Ist Friedl schon informiert?" Sandra wendet sich an Hanife.

„Übernimm das bitte, er soll, wenn es geht, gleich herkommen."

„Leutnant, ich habe da einen Vorschlag", klinkt sich Schorsch wieder ins Gespräch ein. Er bemüht sich, die Information seriös hinüberzubringen. Ganz gelingt es ihm jedoch nicht.

„Aus sicherer Quelle“ weiß er, dass sich die Tatverdächtigen jeden Mittwoch am frühen Abend im *Alpengasthaus Kühberg* zum Jassen treffen.

„Das wäre doch heute eine günstige Gelegenheit, oder?“

„Die sichere Quelle sprudelt sicher in der Nähe des *Mohren-Pavillons* auf der *Birkenwiese* stimmt's“, entgegnet ihm Sandra mit einem Lächeln. Schorsch zuckt mit den Schultern und rollt lässig den Virginiastumpen von einem Mundwinkel zum anderen.

„Der Mordfall Höfle, haben wir da etwas Neues, bringt uns da etwas weiter?“, wechselt Sandra zum nächsten Tagungsordnungspunkt.

„Ich gehe heute nochmals zu Wilma Thurnher“, Lecher hatte sie bisher noch nicht erreichen können.

„Die scheint im Augenblick selten zu Hause zu sein.“ Da es nichts Neues gibt und alle mehr als genug mit Ermittlungsarbeit eingedeckt sind, gibt Sandra vor, sich heute ganz auf den Fall Cimarolli, der vielleicht ja kurz vor der Lösung steht, zu konzentrieren und delegiert die weiteren Schritte im Fall Höfle an Lecher.

„Bereite bitte auch die morgige Frühbesprechung vor“, sie braucht heute alle verfügbaren Leute außer ihm. Er soll am Fall Höfle dranbleiben.

Am späten Vormittag trifft Friedl ein und bei einem weiteren kurzen Treffen klären sie, wie sie den Zugriff durchführen wollen. Sie werden zu acht mit zwei geländegängigen Fahrzeugen ausrücken. Drei von ihnen, Sandra, Hanife und Kevin, fahren mit der Seilbahn hinauf. Es soll wie ein Routinegang aussehen. Sie gehen zu Fuß die paar hundert Meter zum *Kühberg* hinüber. Beide Fahrzeuge mit dem Rest der Mannschaft fahren die Schotterstraße hoch bis kurz unter die Abzweigung, die zum Gasthaus führt. Dort verteilen sie sich unauffällig am Waldrand, sodass das Gelände und das Gasthaus unter Beobachtung stehen. Schorsch ist für diese Art der Deckung zuständig.

„Standardausrüstung?", fragt er nach. Sandra überlegt kurz.

„Das müsste mehr als reichen." Es handelt sich ja eigentlich um unbescholtene Bürger. Aktuell sind im Strafregister keine Eintragungen. Gauner, aber sicher nicht gewalttätig. Sie kann sich nicht vorstellen, dass es gröbere Probleme bei der Verhaftung geben wird.

Ein Polizeihubschrauber soll möglichst unauffällig in Bereitschaft seine Runden über den *Breitenberg* ziehen.

„Das sieht dann aus wie die Suche nach einem vermissten Bergwanderer", meint Friedl.

„Was ist mit Spaziergängern, Bergläufern und den Leuten, die mit der Bahn auf den *Karren* fahren", will Hanife wissen.

„Da müssen wir eine Lösung finden. Schaulustige brauchen wir bei der Aktion möglichst keine." Sandra wird sich darum kümmern und sie versichert, ihre Beziehungen zu den Leuten der Bergrettung spielen zu lassen. Die Idee, dass es wie die Suche nach einem vermissten Wanderer aussehen soll, findet sie gut.

„Und du", Sandra richtet ihren Blick auf Friedl. Er soll als Mountainbiker den Spion spielen.

„Da kannst du wenigstens im Job einmal deinem Hobby frönen. Du kommst in letzter Zeit ja eh wenig zum Biken."

Sandra, Hanife und Kevin steigen aus der Bahn aus. Sie sind mit einer kleinen Gruppe, die einen Geburtstag im *Panoramarestaurant* feiern will, hochgefahren. Beide Frauen schauten während der Fahrt zum Fenster hinaus und genossen den Blick über die Stadt. Kevin blieb in der Mitte stehen und konzentrierte sich auf seine Schuhspitzen. Er ist nicht schwindelfrei.

Die Terrasse ist noch gut besetzt. Ganz hinten am letzten Tisch, gleich neben dem Kinderspielplatz, sitzt Friedl in

Radlerkleidung und trinkt scheinbar entspannt aus einem Glas einen Radler. Den Gruß im Vorbeigehen erwidert Friedl mit einem Nicken und Daumen hoch. Er wird sich gleich einmal unauffällig auf seinen Posten auf der Höhe des Stromhäuschens neben dem Wanderweg machen.

Auf der kurzen abschüssigen Strecke bis zur Abzweigung, an der man schon das Gasthaus sieht, treffen die Polizisten auf ein Mitglied der Bergrettung.

„Es sind kaum noch Wanderer auf dem Weg." Die wenigen seien leicht aufzuhalten. Meistens alte Bekannte, die öfter in der Woche hier oben seien, meint der Bergretter. Sandra nimmt noch mit Schorsch über Funk kurz Kontakt auf, der ihr versichert, dass sie wie ausgemacht auf ihren Beobachtungsplätzen sind.

„Na dann legen wir los." Alle drei gehen flott die wenigen Meter auf das Gasthaus zu. Die Jasser sind gleich auszumachen. Kurz zögert Sandra. Sie sieht die Kellnerin beim Abkassieren an einem voll besetzten Tisch. Viel zu viel Betrieb rund um eine Verhaftung, geht ihr eine Warnung durch den Kopf, die sie verwirft.

„Die Herrn, Fussenegger, Rhomberg und Eberle", setzt Sandra an und hält ihnen dabei den Dienstausweis unter die Nase.

„Sie sind", weiter kommt sie nicht. Rhomberg springt auf, zieht seinen Feitl aus der aufgenähten Tasche der ledernen Knickerbocker. Mit einem schnellen Griff fasst er die Kellnerin und setzt ihr das Messer an den Hals. Diese unvorhergesehene Situation nutzen Fussenegger und Eberle, um sich aus dem Staub zu machen. Sie springen auf und versuchen nach rechts über die Wiese zu türmen. Hanife und Kevin setzen ihnen nach und erwischen sie gleich. Es kommt zu einem Handgemenge. Aber ehe sich Fussenegger und Eberle versehen, klicken die Handschellen.

Langsam rückwärtsgehend, die Kellnerin als Schutzschild vor sich her bugsierend, verlässt Rhomberg den Gastgarten. Er nimmt den Weg nach links in Richtung Seilbahn.

„So schnell bekommt ihr mich nicht", ruft er mit hochrotem Kopf. Ein Albtraum für Sandra, so ins Messer zu laufen, aber sie reagiert schnell.

„Ein Tatverdächtiger ist flüchtig, bewaffnet mit Geisel", zischt sie ins Mikro.

„Wir haben ihn im Auge, weit kommt er so nicht", vernimmt sie die brummende Stimme von Schorsch. Sie vereinbaren, dass die Leute von Schorsch sich aus der Deckung begeben.

„Wenn er unsere Anwesenheit bemerkt, wird er schon aufgeben", meint dieser.

Und tatsächlich, als Rhomberg bemerkt, dass mehrere Polizisten am Waldrand auftauchen, stößt er nach wenigen Metern die Kellnerin weg. Er erkennt mit einem Blick, dass er nur eine Chance hat zu entkommen und zwar, wenn er so schnell er kann, links den Hang hinaufrennt und auf gut Glück, in dem Dickicht, das den Fußweg zur Seilbahnstation abtrennt, verschwindet. Nur so kommt er zur Bergstation.

„Kruzitürken, der ist uns durch", flucht Schorsch außer Atem.

„Friedl hast du das mitgekriegt?"

„Sollte er bei mir auftauchen, stelle ich mich ihm in den Weg."

„Sei vorsichtig, er hat ein Messer."

„Verständige den Hubschrauberpiloten."

Die Ereignisse beginnen sich zu überschlagen. Rhomberg gelingt es, unbemerkt bis zur letzten Steigung zu kommen. Dort läuft er Friedl in die Hände, der versucht, ihn zu stellen, was aber misslingt. Er kann ihm zwar durch einen gezielten Schlag auf das Handgelenk das Messer entwenden, aber die darauffolgende Attacke mit dem Pfefferspray geht ins Leere. Der hünenhafte Baum- und Gartenpfleger stürmt weiter. Als er die vielen Leute auf der Terrasse des Restaurants erblickt, dreht er nach rechts ab, flankt über die Absperrung mit der Weisung: Betreten verboten, und läuft seitlich entlang der Außenmauern des Gebäudes auf den Abgrund zu.

Rhomberg ist hier mit den Gegebenheiten vertraut, immerhin ist es seine Baustelle. Kurz überlegt er, wie er über das Gerüst am schnellsten nach unten entwischen könnte. Bei einem Blick nach hinten, stellt er fest, dass Friedl ihm auf den Fersen ist. Da kommt ihm ein Zufall zu Hilfe. Eine Bahn verlässt gerade die Bergstation. So beschleunigt er nochmals, springt auf ein Gerüstbrett und mit einem weiteren Satz aus vollem Lauf auf das Dach der Gondel. Das waghalsige Manöver gelingt. Friedl, nur noch wenige Meter hinter dem Gejagten sieht gerade noch, wie Rhomberg unsanft aufschlägt.

Währenddessen sind Sandra, Hanife, Kevin und Schorsch mit dem ersten Einsatzfahrzeug hochgerast. Was passiert ist, haben sie schon über Funk erfahren. Friedl stürmt auf sie zu und gemeinsam preschen sie über die Terrasse, in der Hoffnung, dass ein Angestellter der Bahn ihnen weiterhilft.

Der Hubschrauberpilot hat auf das Ganze schnell und richtig reagiert, das Fluggerät in eine scharfe Kurve gezwungen und knapp ober der Einfahrtsschneise der Bahn ruhig in der Luft positioniert. Der Wind, verursacht durch die Rotorblätter, wirbelt Servietten und Bierdeckel herum. Ohrenbetäubender Lärm macht sich breit. Einige Gäste geraten auf Grund des spektakulären Polizeieinsatzes in Panik, Kinder kreischen, Neugierige wollen zum Geländer eilen, um einen Blick auf das, was da vor sich geht, zu erhaschen. In all dem Tohuwabohu versuchen Hanife, Schorsch, Kevin und weitere Polizisten, die auch schon auf der Terrasse eingetroffen sind, für Ordnung und Sicherheit zu sorgen.

Der Betriebsleiter der Bahn hat über die Monitore den

Sprung von Rhomberg mitbekommen und reagiert darauf. Er bringt die Bahn ganz langsam zum Stehen. 300 Meter von der Bergstation entfernt schaukelt die Gondel im leicht aufkommenden Abendwind. Auf dem Dach steht Rhomberg geduckt und klammert sich mit beiden Händen an das Gehänge. Er scheint Angst zu haben. Immerhin schwebt er 70 Meter über dem Boden in luftiger Höhe.

In der Gondel befindet sich eine japanische Reisegruppe. Die scheint noch nicht wirklich mitbekommen zu haben, was da tatsächlich passiert ist. Mit der Lautsprecherdurchsage, „Betriebsstörung“, auch auf Englisch, können sie gar nichts anfangen. Einer von ihnen weiß sich aber zu helfen und schiebt langsam den Selfie Stick durchs geöffnete Fenster. Was er auf dem Display zu sehen bekommt, erzählt er eifrig seiner Gruppe. Bilder, die um die Welt gehen werden.

„Wir holen ihn mittels Seilbergung“, vernimmt Sandra den Hubschrauberpiloten über Kopfhörer.

Langsam bewegt sich der Hubschrauber auf die Gondel zu und positioniert sich direkt über ihr. Die Luke des Helikopters geht auf und am Bergetau schwebt ein Polizist, die Waffe im Anschlag, auf das Dach der Gondel zu. Aus kurzer Distanz fordert er Rhomberg auf, sich bäuchlings hinzulegen. Zögerlich kommt dieser dem Befehl nach. Nicht nur dieses Manöver, auch das darauffolgende Absetzen des Polizisten auf das Dach der Bahn, bringt die Gondel ordentlich ins Schaukeln. Verzweifelte Rufe der japanischen Fahrgäste sind zu hören. Erst nachdem Rhomberg mit Handschellen versehen ist und das bereitgestellte Brustgeschirr anhat, hört die Schaukelei auf. Der Lärm des Hubschraubers steigert sich ins Unerträgliche. Ein Ruck geht durch das Tau und beide Männer werden vom Gondeldach in die Luft gerissen. Der Hubschrauber nimmt in Richtung Talstation Fahrt auf, während die Sonne blutrot im Bodensee versinkt. Sandra und Friedl beobachten den Einsatz ihrer Kollegen von der Aussichtsplattform, der *Karrenkante*, und entspannen sich langsam. Der Einsatz scheint sich dem Ende zu nähern. Erfolgreich.

#8

Vorarlberger Tagblatt - Alpgemauschel, Leserbrief

Dieser Tage machte ich eine eigenartige Beobachtung. Auf meiner Wanderung Richtung Weißfluh, im Morgengrauen, sind mir mehrere schwere Geländefahrzeuge auf dem Forstweg am Hochälpele entgegengekommen. Da stellt man sich schon die Frage, was ist da des Nachtens auf unseren Alpen los? Wird da etwa im Dunkeln gemunkelt? Die Autos lassen den Schluss zu, dass es sich dabei um Betuchte handelte. Leute mit sehr viel Geld. Anschläge auf unsere schöne Natur werden aus diesen Kreisen ja immer wieder versucht. Mit dem Argument die Wirtschaft müsse wachsen, fährt man über alles drüber. Nur einige Beispiele: Die geplante irrwitzige Seilbahnverbindung von Bersbuch nach Dornbirn oder ein Tunnelbau, um den Verkehrsfluss aus dem Bregenzerwald zu beschleunigen; der Umbau des Bödelesees zu einem Speichersee, um Schneekanonen betreiben zu können, damit das Bödele schneesicher bleibt; der Bau eines Wildgatters am First, um die Ausrottung des Rotwildes zu beschleunigen. Vom Bau eines Chalet-Dorfes im Foramoos ganz zu schweigen.

Wer weiß, was da überhaupt alles noch im Busch ist. Auf alle Fälle verwehre ich mich gegen jeglichen angedachten Raubbau an unserer wunderschönen Alpenlandschaft. Es muss so bleiben, wie es ist.

Liane Strolz-Platter, Hörbranz

Friedl, Hanife und Schorsch führen noch in der Nacht die ersten Befragungen durch. Anfänglich ist es sehr zäh. Mit Schweigen, Leugnen, sich über die Behandlung auf der Inspektion aufregend, versuchen sie mit allen Mitteln von sich abzulenken. Als sie nach und nach mit den Fakten konfrontiert werden, knickt als erster Bertram Eberle ein und macht ein Geständnis. Natürlich schiebt er in diesem die Hauptverantwortung Bruno Cimarolli zu. Danach ist es ein Leichtes, auch Theodor Fussenegger und Xaver Rhomberg zum Reden zu bringen.

„Wie seid ihr eigentlich zu diesem Geschäft gekommen. Doch sicher nicht über ein Inserat im Tagblatt“, will Friedl bei der Einvernahme von Rhomberg wissen.

Der erzählt ihm dann eine längere Geschichte. Sie hatten schon seit mehreren Jahren Kontakte zu kleineren Banden, die im Südtirol agieren. Man traf sich hin und wieder im Herbst beim Törggelen. Erledigte dann übers Jahr den einen oder anderen Auftrag: Kleine Fahrten über die Grenze als Drogenkuriere, geklaute Kunstwerke in die Schweiz verfrachten, Bargeldsummen von Italien nach München bringen und eben mit der Flüchtlingswelle - Menschentransporte. Die Bezahlung war ausgezeichnet und für sie waren es Wochenendausflüge. Die beiden Afrikaner seien bei der Fahrt über den Brenner erstickt. Cimarollis Fahrzeug war zu gut isoliert, aber auch überladen. Sie hatten sich zwar dagegen verwehrt, so viele Leute hineinzupferchen, aber die Afrikaner wollten um jeden Preis weiter. Hätte ja auch gutgehen können, meint Rhomberg, schulterzuckend die Tat herunterspielend. Der verfluchte Stau bei Matrei führte zur Überschreitung der geplanten Fahrzeit. Auf dem Rastplatz bei Imst hätten sie es dann bemerkt.

„Zwischenfrage. Seid ihr jeweils mit vier Fahrzeugen im Konvoi gefahren?“ Rhomberg bejaht die Frage und schildert, wie es weitergegangen ist. Den Arlbergtunnel seien sie nie gefahren, wegen der Videoüberwachung. Sie nahmen immer die Route über den Berg. Bei der üblichen Rast auf dem Pass sei dann dieser Schrottlaster auf dem Parkplatz gestanden. In ihrer Not haben sie den Fahrer angesprochen. Gegen eine hohe Summe hat das auf Anhieb geklappt. Rhomberg kann oder will sich nicht an die Herkunft des Fahrers und des Fahrzeugs erinnern. Wäre ja zu schön gewesen, denkt sich Friedl.

„Ich bin der Überzeugung, dass Rhomberg der Drahtzieher des Schlepperunternehmens war“, meint Schorsch müde, als sie eine Verhörpause einlegen.

„Wegen des Amuletts, das bei ihm gefunden wurde, oder hast du noch eine andere Begründung“, will Hanife wissen. Schorsch klopft auf seinen Bauch und lässt den kalten Virginiastumpen im Mundwinkel zwei Mal zucken.

„Ah, auch unser Schorsch hat ein Bauchgefühl“, stichelt Friedl, wird dann aber wieder ernst.

„Ob er nun der Drahtzieher war, oder nicht, da soll sich die Staatsanwaltschaft darum kümmern.“ Vielmehr will er wissen, warum sich Rhomberg zu dieser kuriosen Flucht hatte hinreißen lassen. Immerhin hat er dadurch unbeteiligte Menschen gefährdet.

„Gut, dann nehmen wir ihn nochmals in die Mangel“, stimmt Schorsch laut gähnend und sich streckend zu.

Das mit dem Sprung auf die Gondel kann er sich auch nicht erklären, kopflos, panisch, vielleicht. Auf alle Fälle entkommen. Eigentlich wollte Xaver Rhomberg über das Gerüst nach unten. Es sei ja seine Baustelle. Gewesen, fügt er noch an. Er hatte dort einen Vorrat an Seilen und Leitern und kennt sich im Felsen aus. Die bereitwillige Auskunft zur spektakulären Flucht, klärt dann doch einiges, wovon die Polizisten bei ihrem Einsatz keine Ahnung hatten.

„So, Feierabend“, beendet Friedl die Vernehmung. Er wird sich das mit ein paar Leuten morgen in der Früh vor Ort genauer anschauen und ins Protokoll einarbeiten.

„Da haben wir wirklich eine saubere Gesellschaft auffliegen lassen“, kommentiert Hanife, was da beim nächtlichen Verhör ans Licht gekommen ist. Sie bietet Friedl an, ihn mit dem Auto noch nach Lustenau zu bringen. Er lehnt dankend ab.

„Ich fahr mit dem Rad, das entspannt.“

Bei der Frühbesprechung sind alle anwesend und auch pünktlich eingetroffen. Sandra analysiert den gestrigen Einsatz am *Karren*.

„Wir haben eine ordentliche Portion Glück gehabt, es hätte auch noch mehr aus dem Ruder laufen können." Sie zählt die Fakten auf. Zu blauäugig in der Vorbereitung, zu wenig Informationen, vielleicht auch zu schnell reagiert, fasst sie die Manöverkritik zusammen.

„Wir werden daraus lernen." Sie bedankt sich bei ihren Mitarbeitern und übergibt das Wort an Andreas Lecher.

„Wie war es bei Frau Thurnher?"

Lecher hat Wilma Thurnher endlich zu Hause angetroffen. Völlig aufgelöst hat sie ihn empfangen. Keine Spur mehr von einer gepflegten stolzen Frau, dic mit beiden Füßen im Leben steht. Sie trägt eine alte ausgebeulte Leggins, dazu ein zerschlissenes Herrenhemd und bittet ihn in die unaufgeräumte Küche.

Anfangs fällt es Lecher schwer, ihre Aussagen, die immer wieder durch Heulkrämpfe unterbrochen werden, zuzuordnen. Der tragische Mord am Kaplan, sie kann sich nicht vorstellen, wer sowas macht. Wenige Tage davor das schlechte Geschäft beim Basar, eine Katastrophe für die Kongregation, redet sie wirr vor sich hin, von einem Ereignis zum anderen springend.

„Mmh, gut und schön oder auch nicht. Da ist doch mehr, so wie sie aus dem Häuschen sind Frau Thurnher?" Lecher schaut sie lange fragend an. Sie beruhigt sich etwas.

Ihr Verhältnis zu Toni Höfle sei schon Stadtgespräch. Sogar die Kassiererin im Laden um die Ecke habe sie gestern geschnitten. Sie beschuldigt Agathe Thurnher als alte Bissgurre, die die Information unter die Leute gestreut habe. Sie sei die Einzige, die etwas bemerken hätte können, obwohl wir sehr darauf bedacht waren, nicht aufzufallen, meint sie dazu.

„Und weiter?“, bohrt Lecher nach. Wilma Thurnher klagt, dass sie vor dem Scherbenhaufen ihres Lebens steht. Ihr Mann hat natürlich auch von ihren Eskapaden Wind bekommen. Er ist ausgezogen. Ein Termin bei einem Anwalt ist schon fixiert. Auch die Kinder bringen wilde Geschichten aus der Schule mit. Sie würde von Leuten, die sie nicht einmal kennen, mit Worten bedacht, die sie gar nicht in den Mund nehmen will. Sie weiß weder aus noch ein. Kurzfristig setzt bei ihr wieder ein Heulkrampf ein. Sie zittert am ganzen Körper.

„Wenn sie mit Kaplan Höfle ja so …“, Lecher kommt ins Stocken, „ist Ihnen in letzter Zeit bei ihm etwas aufgefallen?“

Frau Turnher verneint die Frage. Lecher steckt Notitzheft und Stift in die Brusttasche und macht sich bereit zum Gehen, wird aber von Wilma zurückgehalten. Sie hat noch etwas auf dem Herzen. Der Flop des diesjährigen Basars, die gezinkte Backschlacht von *höfle der bäcker*, die Vermutung der Frauen der Kongregation, dass ihr Rezept verraten wurde, geht ihr nicht aus dem Kopf. Da stimmt etwas nicht.

„Auf was wollen Sie hinaus?“, vergewissert sich Lecher etwas schroff. Seine Geduld, mit der in seinen Augen recht hysterischen Frau mit dem Hang zum Religiösen, ist enden wollend. Agathe Luger am Vortag war da ganz anders. In seinen Augen zwar heillos verschroben, aber irgendwie klar in ihrer Haltung.

Wilma gibt sich einen Ruck, setzt sich gerade hin und streicht sich durchs Haar. All ihren familiären und gesellschaftlichen Kummer hintanstellend, formuliert sie einen klaren Verdacht. Die Rezeptur der Kongregation kann nur über Toni Höfle an das Unternehmen seines Bruders gelangt sein. Die einzige schriftliche Aufzeichnung, die es gibt, hat sie.

„Na, und die sei halt in der Vorbereitungsphase des Basars bei ihr im Zimmer hin und wieder offen herumgelegen. Sie wissen schon“, setzt sie an, ohne auf die Situation, wie Höfle zu der Rezeptur hat kommen können, genauer einzugehen. Wieder bricht sie ein und beginnt zu weinen. Lecher zückt nochmals sein Notizheft und erkundigt sich nach ihrem Alibi zu Tatzeit.

„Reine Routine." Das Alibi scheint wasserdicht: An besagtem Freitag war Wilma Thurnher mit drei Freundinnen in München.

„Handy und Computer müssen wir uns wirklich sehr genau anschauen", meint Lecher abschließend zu seinem Rapport. Der werte Herr Kaplan steckt da irgendwie im Firmengeflecht drinnen. Da könnte es ein Motiv geben.

„Da sind wir dran", bringt sich Lisa Fledderer ein. Dr. Hämmerle hat sich bei ihr gemeldet. Er hat allerhand Ungereimtheiten festgestellt, ist sich aber noch nicht sicher und wird Hippolyt Deuring in der Frage mit einbeziehen. In den nächsten Tagen will er Genaueres vorlegen.

„Was ist eigentlich mit dieser Schwester?", mischt sich Schorsch ein und will wissen, ob man die schon befragt hat. Sandra informiert, dass der Termin heute noch ansteht und bittet ihn, sie dabei zu begleiten. Was Schorsch dann doch wundert, aber auch freut. Er sieht das als Wertschätzung.

„Noch haben wir keine konkrete Spur, sollen wir nach wie vor in alle Richtungen ermitteln?", stellt Sandra die Frage in den Raum.

„Die Kongregation können wir außen vor lassen", wirft Kevin ein. Er steht am Board, daneben stehen bereits Pinnwände, weil kaum mehr Platz für weitere Aufzeichnungen ist. Er studiert die niedergeschriebenen Informationen.

„Wilma Thurnher hat ein Alibi. Wie schaut das bei Agathe Luger aus", wendet er sich an Andreas.

„Da habe ich unter der Rubrik Alibi noch nichts", Kevin klopft mit dem Stift auf die Tafel.

„Moment, haben wir gleich“, Lecher blättert sein Notizheft durch. Agathe Luger hat an diesem Abend mit ein paar Frauen der Kongregation die *Mühlebacher Kapelle* herausgeputzt. Im späten Frühling und um den Sommerbeginn sind da Andachten und Prozessionen zuhauf, erklärt Lecher. Überprüft hat er die Angaben auch.

„Gut, dann schließen wir die Kongregation aus. Ihre Demos müssen wir aber etwas im Auge behalten.“ Sandra wird sich die rabiaten Frauen bei Gelegenheit zu einem Gespräch vorknöpfen. Nachdem der Fall Cimarolli aufgeklärt ist, erweitert sie im Fall Höfle die Ermittlergruppe um Hanife und Schorsch.

„Mit einer größeren Gruppe geht schneller etwas weiter. Wir konzentrieren uns von nun an in erster Linie auf die Familie, das kirchliche Umfeld aber behalten wir weiter im Auge“, dröselt sie die Prioritäten auf. Die Arbeitsaufträge sind schnell zugeordnet. Hanife, Schorsch und sie übernehmen die Familie, Andreas bohrt im kirchlichen Umfeld weiter.

„Kevin, du führst Protokoll und behältst den Überblick.“ Dabei schenkt sie ihm ein aufmunterndes Lächeln. Lisa Fledderer hält die Verbindung zum Staatsanwalt und zu Deuring.

Bevor sie auseinandergehen, will sie noch wissen, was es in der Brandsache Neues gibt. Die Befragung jener Leute, die in das Profil passen, ist abgeschlossen, berichtet der diensthabende Kollege des Journaldienstes.

„Da haben wir ein paar Leute ziemlich verärgert.“ Obwohl sie die Befragten wie Sachverständige in Sachen Brandschutz, Bau und Feuer behandelt und sie um ihre Mithilfe bei der Aufklärung gebeten haben, ist ihnen das scheinbar in den falschen Hals geraten.

„Durch die Gespräche hier auf der Inspektion fühlten sie sich als Verdächtigte.“ Da werden noch Beschwerden kommen, meint er abschließend dazu.

Schorsch kurvt mit dem Dienstwagen recht flott in Richtung *Bödele*. Er lässt ihn lässig durch die *Sandkurve* driften. Sandra hält sich am seitlichen Griff fest.

„Geht's auch langsamer." Auf die Bemerkung reagiert er glatt, rollt den Virginiastumpen von einem Mundwinkel in den anderen und reduziert das Tempo.

„Hast du heute schon Zeitung gelesen?", will Schorsch wissen.

„Nein, wann auch." Schorsch nimmt auf einen Leserbrief Bezug und schildert Sandra den Inhalt.

„Seit wann interessierst du dich für Umwelt- und Naturschutz."

„Eigentlich nicht."

Dennoch, er selbst versteht die Welt auch nicht mehr ganz. Was da an Ideen und Projekten ausgebrütet wird, scheint ihm, wie der Leserbriefschreiberin, total überzogen. Die Straße da reicht doch wohl, um in den *Bregenzerwald* hinein und heraus zu kommen. *Dornbirn-Nord* hätte man halt etwas größer bauen sollen. Aber Seilbahn oder Tunnel, sei ja wohl ein Blödsinn. Sandra geht nicht weiter auf Schorschs Meinung ein. Das Gespräch versiegt. Sandra hängt ihren Gedanken nach. Als Schorsch gemächlich hinter einem Traktor herschleicht und ihn in der *Ammenegger Kurve* nicht überholen kann, fällt bei ihr der Groschen.

„Wo hat die Frau den Konvoi gesehen?", will sie plötzlich wissen.

„*Hochälpele*."

„Das liegt doch auf Schwarzenberger Gemeindegebiet." Schorsch grummelt zustimmend. Sandra sucht in ihrem Heft nach Aufzeichnungen von der Besprechung mit Franz Höfle und macht sich Notizen. Schwarzenberg unterstreicht sie.

Das *Bödele* ist nebelverhangen. Der See, der an schönen

Tagen gerne zum Baden einlädt, wirkt düster. Schorsch manövriert den Wagen geschickt auf die schmale Schotterstraße, die zur Kapelle hochführt. Vor dem Höfle-Anwesen parkt er ein. Sie steigen aus und gehen auf das Haus zu. Wenn aus dem Kamin nicht Rauch aufgestiegen wäre, hätte man den Eindruck gewinnen können, dass niemand zu Haus sei. Dem ist nicht so. Rita öffnet nach dem ersten Anklopfen.

„Kommen Sie herein“, begrüßt sie die Polizisten. Sie trägt einen von ihr selbst entworfenen Kimono. In dem Kleidungsstück wirkt sie auf Sandra sehr zerbrechlich. Sie hat auch kaum eine Ähnlichkeit mit ihren Brüdern, die beide groß gewachsen sind. Rita weist den Polizisten den Weg zur Stube. Dort ist leise Musik aus den Lautsprecherboxen zu hören Schorsch bleibt bei einer Glasvitrine im Gang, die seine Aufmerksamkeit weckt, stehen.

„Was ist denn das?“, er deutet auf die Gerätschaften, die da zu sehen sind.

„Ach, ja. Alter Krempel aus der Backstube unseres Großvaters.“ Ihr Vater hatte die Idee, mit den Gegenständen ein kleines Museum einzurichten. Weit ist er dabei nicht gekommen. Auch Sandra sieht sich die Sachen an.

„Interessant“, ihr Kommentar.

„Nehmen Sie doch Platz. Darf ich Ihnen etwas anbieten?“ Sandra und Schorsch bitten um ein Glas Wasser.

„Wie geht es Ihnen?“

„Den Umständen entsprechend“, weicht Rita aus.

„Können Sie uns weiterhelfen, vieles über Ihren Bruder ist uns unklar“, übernimmt Schorsch seinen Part. „So ist es“, bestätigt Rita die Feststellung. Sie konnte unter anderem schwer verstehen, dass er sich ganz der Kirche zugewandt hat. Ihr Elternhaus war katholisch, wie es halt so ist.

„Musste man ja irgendwie“, bemerkt sie dazu. Streng religiös wurden sie als Kinder aber nicht erzogen, vom Vater eher, der war der Tradition verbunden, von der Mutter schon gar nicht.

„Er hätte bei der Schauspielerei bleiben sollen“, meint sie dazu, trinkt einen Schluck Wasser und greift nach einer kurzen Pause den Faden wieder auf.

„Oder ins Geschäft einsteigen. Kurz hat er es ja versucht.“

„Wie darf ich das verstehen?“, fragt Sandra nach. Er hätte das Zeug dazu gehabt. Franz sei in geschäftlichen Belangen die falsche Besetzung. Zu wenig Führungsqualität, zögerlich, kaum risikofreudig und knausrig. Halt vom alten Schlag.

„Wie haben sich die beiden verstanden?“

Das war Rita immer schleierhaft. Gut, sie lebt schon lange in Wien und ist wenig in Dornbirn. Wenn sie zu Besuch war, hat das Verhältnis der Brüder nach außen hin für sie immer sehr herzlich gewirkt. Aber irgendwie war für sie immer spürbar, dass etwas zwischen den beiden nicht stimmte. Sie kann es aber nicht festmachen, ein Gefühl.

„Sie wissen schon, sie sind Halbbrüder.“ Rita erzählt kurz von der zweiten Ehe ihres Vaters.

„Und ihr Verhältnis zu den Brüdern, wie war das?“, hakt Schorsch nach.

Mit Franz ist sie wegen Geldangelegenheiten in der Familie schon lange zerstritten. Das Thema regeln die Anwälte. In die Öffentlichkeit ist das nie gedrungen. Sonst schickte er, wenn er was brauchte, Toni vor. Das war halt der kleine Bruder, mit dem sie meist gut ausgekommen ist. Aber mit ihm verband sie eher eine oberflächliche Beziehung, schon wegen des Altersunterschieds.

„Um was geht es da, wenn er was braucht?“

„Alle heiligen Zeiten um Public Relations, um nach außen hin als intakte Familie zu erscheinen.“

„So wie in den Fernsehsendungen?“, fragt Schorsch weiter nach.

„So in etwa.“

Rita knetet bei der Befragung dauernd die Hände. Das Thema Familie ist ihr sichtlich unangenehm, stellt Sandra fest und wechselt das Thema.

„Was ist das für Musik, die Sie da hören?"

„Gregorianische Choräle."

„Schön", kommentiert Sandra.

„Ja, die wunderbaren Stimmen sagen mir sehr viel."

„Wann haben sie Toni das letzte Mal gesehen", kommt Sandra wieder zur Sache.

„Bei meinen letzten Besuchen im späten Frühjahr. Da ist es eben um diese Fernsehsendungen gegangen."

„Und, ja", zögert Rita Höfle.

„Was?", versucht Sandra ihr weiterzuhelfen. Sie hat Toni aus ihrer Sicht reinen Wein über die Familie eingeschenkt. Da ist Franz nicht gut weggekommen. Toni hat es zur Kenntnis genommen. Bei den Aufzeichnungen zu den Sendungen war alles sehr spannungsgeladen. Wider Erwarten hat sich Toni, der bei Medienauftritten sonst immer vorne dran ist, mit der zweiten Geige begnügt und ihr den Vortritt gelassen. So konnte sie sich als selbstständige Geschäftsfrau gut präsentieren. Die Rolle des Anhängsels der erfolgreichen Höfle-Brüder zu spielen, liegt ihr sowieso nicht. Sie setzt zu Überlegungen über das Rollenbild der Frau in Vorarlberg im Unterschied zu Wien an, wird aber von Schorsch, den das wenig interessiert, unterbrochen.

„Weiß die Familie immer davon, wenn Sie nach Dornbirn kommen und hier oben wohnen?", will er wissen.

„Nicht immer. Ich habe einen Schlüssel. Das Haus wird ja sonst von niemandem genutzt."

„Wann und wie sind Sie angereist?"

„Am Montag, am frühen Abend. Franz hat mich am Flughafen St. Gallen-Altenrhein mit dem Auto abgeholt und hochgebracht."

„Wie immer hatte er keine Zeit und musste gleich weiter.

Zum Reden sind wir nicht gekommen. Nur das Nötigste."

Sandra erkundigt sich noch, wie lange sie hier auf dem *Bödele* erreichbar sein wird.

„Bis nach dem Begräbnis. Es ist ja allerhand vorzubereiten."

Schorsch will noch routinehalber wissen, was sie letzte Woche am Freitag gemacht hat. Das gibt aber nicht viel her. Sie war angeblich in Wien, in ihrem Atelier, keine Zeugen.

Als Schorsch den Wagen durch die Ferienkolonie, eine Ansammlung von Vorsäßen, die schon seit Langem als Ferienhäuser Verwendung finden, in Richtung *Bödelestraße* lenkt, lichtet sich der Nebel am Pass. Einzelne Sonnenstrahlen fallen bereits in den Vorderwald. Es wird doch noch ein lauer Frühsommerabend werden, denkt sich Sandra, vielleicht geht sich Yoga im *Stadtpark* aus.

Zuerst will sie aber etwas geklärt wissen. Während der Fahrt ins Tal holt sie sich den Leserbrief des Tagblatts aufs Handy.

„Kannst du mir bitte Frau Liane Strolz-Platter aus Hörbranz ausfindig machen."

„Wer soll das sein?", fragt Schorsch verwundert.

„Die Leserbriefschreiberin."

„Aha, und was willst du von der?" Eine genaue Angabe, an welchem Tag sie die Beobachtung, die sie schildert, gemacht hat, wenn es geht mit Uhrzeit. Dazu wäre noch ganz gut, eine genaue Beschreibung der Fahrzeuge, die sie gesehen hat.

„Und noch was." Sandra interessiert, welche Autos auf Franz Höfle zugelassen sind.

„Leutnant, auf was willst du hinaus?"

„Vielleicht ist es nur ein Hirngespinst, ich erkläre dir das später."

Sandra kontaktiert kurz ihre Mitarbeiter, um zu erfahren, inwieweit es Fortschritte gibt. Einige Neuigkeiten sind es doch.

Puzzleteile, die das Bild von Toni Höfle langsam kontrastreicher machen. Andreas hat Hanife kurzfristig von den Ermittlungen zur Familie abgezogen. Sie gehen einem Hinweis aus kirchlichen Kreisen nach. Lecher, mit dem Sandra telefoniert, ist kurz angebunden, er und Hanife hängen noch am Computer. Dr. Hämmerle hat sich mit Kevin kurzgeschlossen. Die Computerdaten und das Handy sind ausgewertet. Der Staatsanwalt wird morgen zur Besprechung kommen. Neuigkeiten zur Familiengeschichte der Höfles sind aufgetaucht.

„Dann sehen wir uns morgen." Sandra kann beruhigt Feierabend machen. Sie wird es rechtzeitig zum Yoga im *Stadtpark* schaffen.

Mittlerweile kennt sie etliche der Teilnehmenden, es sind meist dieselben. Sie winkt ihnen beim Ausrollen der Matte zu. Es hat sich eingebürgert, dass sich in der ersten Reihe immer das Stammklientel findet. Dieses kommt gern etwas früher, um zu tratschen. Links im Schatten der Linde lockert der Dornbirner Krimiautor sein verspanntes Kreuz. Er kommt regelmäßig mit seiner Frau. Sie zählen zu den Ältesten, aber topfit.

Sandra wärmt sich etwas auf, macht Lockerungsübungen am Boden, als ein Schatten auf sie fällt, der die Frage stellt, „Darf ich?"

Es ist Dr. Hämmerle, der die Matte rechts neben ihr ausrollt und sich ächzend niederlässt. Sein erster Yogaversuch. Sandra lächelt sich für ihre Entscheidung, heute in bequemen Klamotten zu yogieren, innerlich zu. Chic und sexy wäre ihr jetzt deplatziert vorgekommen.

Die Yoga-Instruktorin zieht heute ein straffes Programm durch. Up-dog, Down-dog, flott hintereinander, die restlichen Übungen sind auch nicht von Pappe. Die Teilnehmer kommen ordentlich ins Schwitzen, vor allem Sandras Nachbar, der nicht sehr gelenkig wirkt und augenscheinlich mit dem

Gleichgewicht im wahrsten Sinn des Wortes auf Kriegsfuß steht.

Dr. Hämmerle scheint sichtlich erleichtert, als er bei der Schlusssequenz endlich wieder die Position im Schneidersitz einnehmen darf.

„Zieh deinen Mundwinkel zu den Ohren und schenk dir selbst ein Lächeln und wenn du willst auch deinen Nachbarn", ist die letzte Übungsanweisung. Sandra erhält ein eher gequältes Lächeln, von der rechten Seite.

„Bah, war das anstrengend", stöhnt der Staatsanwalt, als er sich umständlich vom Boden erhebt.

„Na, wer wird denn", Sandra muss lachen. Sie kommen ins Gespräch. Es war seine erste Begegnung mit Yoga. Über Facebook ist er auf das Sommeryoga im *Stadtpark* gestoßen.

„Soll ja gut für den Rücken sein, bei dem vielen Sitzen in meinem Job", gibt er eine Begründung für seine Teilnahme. Es ist ihm nicht leichtgefallen, zu kommen. Mit wenigen Männern hat er ja irgendwie gerechnet. Von seiner Spezies waren es heute nur zwei. Sandra stellt ihm die Yoga-Lehrerin vor, die ihn mit Infos versorgt und ihn ermuntert, dran zu bleiben.

„Beim nächsten Mal geht es sicher schon viel leichter."

Sandra will gerade gehen, als sich Dr. Hämmerle ihr zuwendet.

„Übrigens, ich bin Florian", lächelt er sie an. Die Ungezwungenheit der Yoginis und Yogis hat sich auch auf ihn übertragen.

„Hast du Lust, kommst du noch mit auf einen Drink?", fragt er Sandra. Sie verabreden sich im *Innauer*.

Sie haben gerade noch einen Tisch an der Hauswand neben der kleinen Terrasse vor dem Lokal ergattert. Von allen Seiten strömen gutgelaunte Menschen der Innenstadt zu. Manch einer, der sich mit dem Auto zu weit in die Stadt gewagt hat, muss umkehren, weil er keinen Parkplatz mehr findet, obwohl die vielen Tiefgaragen leer stehen. Sie werden nicht gerne genutzt. Das scheint wohl ein Charakterzug der eher ländlichen Bevölkerung zu sein. Oder die Gebühren sind zu hoch. Am Donnerstagabend ist in der Stadt am meisten los. Vor den und um die voll besetzten Lokale der Innenstadt stehen Menschentrauben mit Getränken in der Hand, Musik und Stimmengewirr hallen von den Mauern der Häuser wider. *Summer in the city*.

Sandra und Florian fachsimpeln zuerst über Yoga, dann reden sie über ihr Studium und dies und das. Natürlich auch über den Job. Die Justiz ist heillos überfordert. An allen Ecken und Enden fehlt es an Personal. Florian erstickt in Aktenbergen. Sandra findet die Unterhaltung angenehm. Der Staatsanwalt ist humorvoll und legt es sogar darauf an, mit ihr etwas zu flirten. Er ist wie sie, Single. Den Fall schneidet sie bewusst nicht an, auch Florian kommt nicht darauf zu sprechen. Erst nach dem Zahlen beim Gehen macht er eine kurze Bemerkung dazu.

„Wir sehen uns morgen bei der Besprechung." Er kommt mit Deuring, wie es ausschaut, gibt es wirklich hieb- und stichfeste Neuigkeiten.

„Ich weiß", Sandras knappe Antwort zwischen dem Austausch von Wangenküsschen.

Franz Höfle steht der Schweiß auf der Stirn, er lockert den Knoten seiner Krawatte. Seit dem Tod seines Bruders geht wohl alles schief. Ihm gegenüber lümmelt Aaron Aberer in seinem verschmierten Drillich auf der weißen Sitzcouch, die Füße ausgestreckt, auf den niedrigen Tisch gelegt. Der Rote wie er von Freunden, wegen der krausen roten Haaren genannt wird, will Geld.

„So viel, dass ich mich absetzen kann", pokert er für Höfles Verständnis sehr hoch.

„Warum?“ Der Rote berichtet von seinem Gespräch bei der Polizei.

„Höflich und zuvorkommend waren sie schon, aber blöd sind die nicht.“ Sie haben uns antanzen lassen auf Grund eines Profils, das sie erarbeitet haben, ist sich der Rote sicher.

„Mithelfen, unterstützen bei der Suche“, das waren nur Phrasen, um uns auszuhorchen, mutmaßt er weiter.

Höfle versteht nur Bahnhof.

„Ist doch alles wasserdicht“, spielt er die Geschichte herunter.

„Eben nicht mehr, der Schlauch platzt gleich einmal.“ Aberer setzt sich aufrecht hin und erklärt Franz Höfle wie einem kleinen Kind, was Sache ist. Er hat seinen Job ordentlich gemacht. Aber nach drei Bränden findet Feuersinger halt ein Muster. Er kennt ihn und weiß, wie der arbeitet.

„Der Fehler ist, das habe ich dir immer gesagt, die Auswahl der Objekte.“ Alle drei waren gleich. Alte Holzbauten, da gibt es kaum Varianten bei der Abfackelung. Aberer erzählt noch von dem Gespräch mit den weiteren Vorgeladenen. Im *Café Fredi* sind sie noch etwas zusammengesessen, der Feuerwehrkommandant, der Inhaber der Raketenfabrik und er.

„Alle Fachleute sind sich einig. Die Brände kann nur einer aus ihren Reihen gelegt haben.“ Es ist nur noch eine Frage der Zeit, bis die Polizei dahinterkommt.

„Und die ist kurz.“ Der Rote verweist auf seinen Schuldenstand bei diversen Banken.

„Wenn sie das herausbekommen, dann stehen sie bei mir auf der Matte.“ Das will er nicht. Also weg, so schnell es geht,

„Her mit der Kohle.“ Höfle gibt vor, seine Argumentation einzusehen und verspricht dem Leiter der Haustechnik und Betriebsfeuerwehr, sich darum zu kümmern. Nicht aus seinem Portemonnaie, diese Kosten müssen schon von der ganzen Konferenz getragen werden. Sollten sie überhaupt drauf eingehen.

Er komplimentiert Aberer so schnell es geht aus seinem Büro. Auch der Leserbrief heute im Tagblatt liegt ihm schon die ganze Zeit im Magen. Dass sie von der Alpe im Konvoi losgefahren sind, war ein großer Fehler. Hoffentlich hat die Frau für Autonummern und Fahrzeuge kein gutes Gedächtnis.

Lange steht Franz Höfle am Fenster und schaut in die Nacht. Dem Cognac spricht er ordentlich zu. Der Auftritt von Aberer hat ihm deutlich gemacht, dass seine Freunde und er erpressbar geworden sind. Die Schwarzenberg-Konferenz, wenn die auffliegt und ans Licht kommt, was da alles gelaufen ist und noch läuft, bleibt in Dornbirn kein Stein auf dem anderen. Er mag sich das gar nicht vorstellen. Aberer muss verschwinden. Sofern irgendein Teilnehmer der Schwarzenberg-Konferenz Unterlagen zu ihren Machenschaften gespeichert hat, müssen die auf der Stelle vernichtet werden.

Höfle macht sich ans Werk, zuerst telefoniert er mit den Mitgliedern und holt da manch einen aus dem Bett, dem eigenen und auch fremden, wie er aus Nebengeräuschen und peinlichem Gestotter vernimmt. Nachdem die Telefongespräche erledigt sind, löscht er alle Daten seines privaten Computers.

Noch mehr Kopfzerbrechen macht ihm seine Familie, die eigentlich nie eine war. Lauter Spinner, die nur auf ihren Vorteil bedacht sind. Rita seit Jahren gesundheitlich angeschlagen, mit ihrem künstlerischen Spleen, der zu nichts taugt und nur sein Geld kostet. Toni abgehoben, hochbegabt und machtgierig, der ihm das Leben schwer macht. Und er der Außenseiter mittendrin. Lange wird er das der Polizei nicht mehr vorenthalten können. Den Deal mit Toni musste er in Kauf nehmen. Er hofft, ihn unterm Tisch halten zu können.

#9

Sandra sitzt schon im Besprechungszimmer und sichtet die Unterlagen, als nach und nach alle Mitarbeiter dazukommen. Sie hat eine Kanne Grüntee bereitgestellt und auf ihrem Weg zur Inspektion frische Croissants besorgt, die nun im Raum verführerisch duften. Es kann heute ein langer Tag werden, sie will ihre Leute bei Laune halten.

Hippolyt Deuring kommt als Letzter, betritt den Raum grußlos und setzt sich neben Dr. Hämmerle. Mit einem Handzeichen macht er auf sich aufmerksam. Er will gleich seinen Bericht loswerden.

„Bitte Hippo“, spricht ihn Sandra nach der Begrüßung an.

Deuring liest von einem Blatt herunter, was er mit dem Computer und Handy von Kaplan Höfle alles angestellt hat und worauf er dabei gestoßen ist. Ein langweiliger, eher theoretischer Monolog, wie man Daten fischt. Seine schnarrende Stimme und die sichtliche Unsicherheit vor mehreren Leuten zu reden, machen es nicht besser. Er kommt aber recht schnell auf den Punkt.

„Ich habe alle Daten für Dr. Hämmerle aufbereitet“, diesem nickt er zu. Somit ist sein Part beendet.

„Vielen Dank, Herr Deuring. Sie haben uns mit ihrer Analyse sehr geholfen“, ergreift der Staatsanwalt das Wort. Die sichergestellten Dateien, Webpages und Mails lassen eindeutig den Schluss zu, dass Kaplan Toni Höfle seinen Bruder Franz in der Hand hatte und ihn vielleicht auch erpresste. Er hatte Zugang zu allen Daten der Firma, ob die gehackt oder ihm sein Bruder eingerichtet hat, wissen wir noch nicht. Aus dem Mailverkehr lassen sich eindeutig Drohungen herauslesen.

„Der Kaplan hat Geld in die Firma gepumpt und verwendete diese Machtposition als Druckmittel gegenüber seinem Bruder“, erörtert der Staatsanwalt den Sachverhalt. Das Geld kommt über eine Firma, deren eingetragener Eigentümer Toni Höfle ist. Irgendetwas mit Medien.

„Zu dem Thema haben wir eine Ergänzung", wirft Lecher kurz ein. Hanife und er sind gestern am Nachmittag einer Spur nachgegangen.

„Der Kaplan wollte das Familienunternehmen übernehmen, den Job als Priester an den Nagel hängen und Franz Höfle hinausdrängen", nimmt Dr. Hämmerle nach der kurzen Unterbrechung den Faden wieder auf.

„Versuche mich ja nicht mehr hinters Licht zu führen. Ich komm dir ja sowieso auf die Schliche", zitiert der Staatsanwalt aus einem der Mails, das im Zusammenhang mit der Backschlacht steht.

„Ja, die Rezeptur ist auch über den Kaplan an das Familienunternehmen gekommen, mit dem ausdrücklichen Wunsch, diese in die Backschlacht aufzunehmen." Zudem gibt es diverse kryptische Anspielungen.

„Auch offensichtliche Beschimpfungen wie Bastard oder Kuckucksei tauchen immer wieder auf", schließt Dr. Hämmerle seinen Bericht. Kevin notiert eifrig an der Tafel. Er kreist das Wort Bastard ein und wendet sich an den Staatsanwalt.

Nach dem gestrigen Telefonat mit ihm hat er nochmals seinen Onkel angerufen und am Abend ein kurzes Zeitfenster für ein paar Fragen bekommen. Der Onkel stellt sich seit Neuestem, aus gegebenem Anlass, für die Feuerwachen bei denkmalgeschützten Häusern dem Museumsverein zur Verfügung. Er hat wenig Zeit.

„Die Seniorchefin soll eine sehr lebenslustige Person gewesen sein." Sein Onkel hat nicht gerne darüber geredet. Immer wieder habe sie aber Affären gehabt. Es sei viel gemunkelt worden. Es waren halt die *roaring sixties*, auch in Dornbirn, meinte dieser. Kevin musste zu Hause googeln, um sich unter dem Begriff etwas vorstellen zu können.

Damals fuhr man anscheinend in Scharen nach Lindau, um Sexfilme von Oswald Kolle zu sehen und danach in einer Tanzbar zu Twisten. In Vorarlberg war das ja alles verboten. Auch private Partys, bei denen es etwas freizügiger zu- und herging boomten zu der Zeit im verkorksten Ländle.

„Dass sie von einem anderen schwanger wurde, passt da ins Bild." Die Tatzeit kann auch noch einmal eingegrenzt werden. Kevin hat kurz mit dem Mesner gesprochen. Der hat ihm versichert, dass Höfle sich immer an seine auf der Website des Seelsorgeraums angekündigte Beichtzeit gehalten hat, 19-20 Uhr.

„Stopp!", greift Sandra ein. Sie ermahnt ihre Mitarbeiter, bei den Berichten am jeweiligen Thema zu bleiben und nicht abrupt neue Erkenntnisse zu irgendetwas einzuwerfen. Dabei schaut sie Kevin an.

„Der Hinweis zur Seniorchefin war passend. Tatzeit anderes Thema. Aber gut." Sie wirft einen Blick in die Runde, um sich zu vergewissern, ob noch jemand ergänzende Information zu den vom Staatsanwalt referierten Fakten einbringen will.

„Wenn nichts mehr kommt, dann bist du an der Reihe", Sandra nickt Andreas zu.

Lecher hat von einem ehemaligen Priester, der jetzt als Psychotherapeut arbeitet, einen Hinweis bekommen.

„Es war gar nicht so einfach, den Gehalt der Information zu bewerten." Vage und kompliziert formuliert. Hanife und er haben sich dann doch auf den Weg gemacht.

Der V-Campus gegenüber der Fachhochschule an der *Achmühle* wird Jahr für Jahr weiter ausgebaut. Das aktuelle Vorzeigeprojekt von Stadt, Land und Wirtschaftskammer sind die umgebauten Postgaragen.

Eigentlich wollte ein Gastromanager die verfallenen Garagen zu einer Eventmeile ausbauen. Cafés, Bars, Restaurants, Disco, ein nobles Bordell, getarnt als simples Striptease-Lokal, damit die Kaufkraft im Ort bleibt, hat er argumentiert. Seitens der Stadt erhielt er keine Bewilligung für die *Rote Gasse*.

Die öffentliche Hand verfolgte aber andere Ziele. Unmittelbar neben der Fachhochschule sollten günstige Räumlichkeiten für junge Start-up-Unternehmer im digitalen Business geschaffen werden. Zeitgeistig war bei der Eröffnung von einem Silicon Valley und Treibhaus digitaler Innovation die Rede.

Andreas und Hanife sind gleich zu dem neuen Quartier aufgebrochen, um die Firma IGWT-In God We Trust ausfindig zu machen. Bei der letzten Garage am Ende der Straße wurden sie fündig. Ein hagerer junger Mann mit langen fettigen Haaren und gekrümmtem Rücken empfängt sie freundlich. Der ganze Raum, den sie betreten, ist mit Multimedia Equipment vollgestopft, Hightech vom Feinsten. Obwohl der Arbeitsplatz in der Garage recht groß ist, gibt es keine Möglichkeit, wo sie sich zu dritt niederlassen können. So stellen die Polizisten ihre Fragen im Stehen.

„Nein, IGWT ist nicht meine Firma. Mein Unternehmen ist auf den Namen DigiJoe im Register eingetragen." Joe berichtet aber, dass er grundsätzlich nur von Aufträgen der IGWT lebt. Das sei mehr als genug Arbeit.

„IGWT begleicht auch die Miete für den Schuppen hier." Lecher muss ein paarmal nachfragen, bis er die Konstruktion versteht.

„Sie sind also selbstständig, aber arbeiten fast ausschließlich für IGWT."

„So ist es."

„Was ist denn die IGWT genau und was machen Sie konkret für dieses Unternehmen?", klinkt sich Hanife in die Befragung ein.

„Auf was wollen Sie eigentlich hinaus", will der junge Mann wissen. Ihm ist die Befragung zu seinem Firmengeflecht sichtlich unangenehm.

„Es geht um den Mord an Kaplan Höfle."

„Okay", stellt er erleichtert fest. DigiJoe produziert seit geraumer Zeit Clips für Soziale Medien und private Sendeanstalten und bedient mehrere Blogs im Auftrag von IGWT. Die Produkte werden meist in Polen, Spanien oder in lateinamerikanischen Ländern zum Einsatz gebracht. Auftraggeber ist die IGWT, deren Inhaber Kaplan Höfle ist, beziehungsweise war. Er gab die Inhalte vor. Meist ging es um konservative religiöse Ansichten, hin und wieder auch mit rechtspopulistischem Anstrich. Der Job von DigiJoe ist es, moderne, Jugendliche ansprechende Produkte daraus zu machen.

„Sie arbeiteten also eng mit Höfle zusammen?", fragt Lecher nach.

„Das klingt jetzt etwas übertrieben. Der Hauptteil der Kommunikation lief über das Internet. Wir sahen uns selten. Nur wenn er spezielle Wünsche hatte."

„Können Sie uns den einen oder anderen Clip zeigen?" Hanife ist neugierig geworden. Joe führt sie zu einem Bildschirm und zeigt den Polizisten ein kleines Sample.

„Das hat mit Kirchen-TV von früher wohl gar nichts mehr zu tun", meint Lecher dazu. Joe muss lachen.

„Nein, Messübertragungen aus Fatima oder Medjugorje und Herren, die im Lehnstuhl sitzen und predigen, gibt es in diesen Clips sicher nicht." Joe setzt zu einem Vortrag über moderne Werbestrategien an, wird aber von Hanife unterbrochen.

„Wer sind die Darsteller in den Clips, wo werden die gedreht und wie ist das mit der Sprache."

„Die Darsteller vermittelt mir eine Agentur, denen ist es egal, ob sie Zahnpasta-Werbung machen oder einen Clip für Wahlwerbung. Hauptsache die Kohle stimmt." Die Drehorte suchte der Kaplan aus, sie waren meist in der Nähe. Hin und wieder wurde ein Studio angemietet. Gedreht wurde in deutscher Sprache. Nachbearbeitung, Schnitt, Synchronisierung wird hier im Haus gemacht. Für die Sprachen werden Native Speaker angemietet.

„Ist heutzutage kein Problem, für Geld bekommt man alles", meint Joe. Lecher räuspert sich.

„Und ideologisch stehen Sie hinter Ihrer Arbeit?", will er wissen.

„In der Medienbranche - vergessen Sie es. Wenn die Kohle stimmt, liefert jeder alles."

„Wissen Sie schon, wie es mit IGWT nach dem Tod von Kaplan Höfle weitergeht?" Joe zuckt ratlos mit den Schultern.

Wahrlich ein Treibhaus für Dinge, die der Mensch eigentlich gar nicht braucht, denkt sich Lecher auf der Fahrt zurück zur Inspektion. Eine Flaniermeile in der Gegend hätte ihm besser gefallen.

„An Vielseitigkeit ist unser Mordopfer wohl nicht zu überbieten", bemerkt Sandra, nachdem Lecher den Bericht beendet hat. Relevantes für die Ermittlungen scheint auf den ersten Blick in diesem Geschäftsfeld von Kaplan Höfle nicht zu stecken. Ilgec und Lecher bleiben aber dran.

„Schorsch, was hast du zu meinem Hirngespinst in Erfahrung bringen können?"

„Der Fahrzeugkonvoi wurde am Dienstag in aller Frühe von der Leserbriefschreiberin gesehen. Das ist eine gesicherte Information. Mit der Beschreibung der Autos ist es schon etwas schwieriger." Die Frau konnte die Fahrzeuge nur grob beschreiben. Eines davon könnte ein Hummer gewesen sein.

„Auf Franz Höfle ist einer zugelassen", fährt Schorsch fort. Er betrachtet dabei die kalte Virginia zwischen den Fingern seiner rechten Hand und meint grübelnd:

„Eine Spur irgendwo hin, ist doch vielleicht mehr als nur ein Hirngespinst, oder?" Er ahnt, in welche Richtung Sandra denkt.

Sandra rückt nun das erste Mal mit ihren Überlegungen zur Brandserie vor versammelter Mannschaft heraus und schildert, was es mit der von ihr ohne Zusammenhang aufgeschnappten Ortsbezeichnung bei der ersten Vernehmung von Franz Höfle auf sich haben könnte.

„Eine vage Theorie, oder aber vielleicht doch etwas im Busch", relativiert sie ihre Vermutung.

„Überprüfen sollten wir es allemal", kommentiert Schorsch Sandras Überlegungen.

„Überprüfen ist das Stichwort", seufzt Sandra und bläst sich dabei eine rote Locke aus der Stirn. Sie fasst die bisherigen Ergebnisse zusammen und geht auch auf ihren Besuch bei Rita Höfle ein.

Bei Franz Höfle kristallisiert sich eindeutig ein Motiv heraus. Aber auch das Anwesen auf dem *Bödele* müssen sie sich noch genauer anschauen. Immerhin gibt es dort eine Vitrine mit alten Backutensilien. Bei dieser Bemerkung meldet sich Lecher zu Wort. Er hat drauf vergessen. Man merkt dem gewissenhaften Beamten an, dass es ihm peinlich ist. Er war nochmals bei Agathe Luger in der Backstube und hat sich nach den dort verwendeten Messern erkundigt.

„Die sind alle neu, keines fehlt."

„Wie schaut es aus? Können wir Franz Höfle aufgrund der Faktenlage als tatverdächtigen Mörder an seinem Bruder in die Mangel nehmen", will sie vom Staatsanwalt wissen. Dr. Hämmerle nickt.

„Anhand der Daten, die wir auf Handy und Laptop gesichert haben und seiner bisher eher ausweichenden Haltung, auf alle Fälle." Sein Vorschlag ist, das noch heute am Freitag zu erledigen. Fluchtgefahr sei allemal gegeben.

Kurz vor Mittag fahren zwei Streifenwagen zum Firmengelände von *höfle der bäcker*.

Den ganzen Nachmittag herrschte hektische Betriebsamkeit auf der Polizeiinspektion Dornbirn. Die Höfle-Anwälte sind eingetroffen und beraten Franz Höfle. Die Vernehmungen müssen immer wieder unterbrochen werden, weil der eine oder andere die Fragestellungen anfechtet. Sandra und Dr. Hämmerle bemühen sich, dennoch in kleinen Schritten voranzukommen.

„Wir haben auf dem Computer Ihres Bruders unzählige Firmendaten gefunden. Wie ist er zu diesen gekommen?" Kaplan Höfle hat sie gehackt, sich regelmäßig über den Stand des Unternehmens informiert und wenn ihm etwas nicht gepasst hat, interveniert.

„Sie hätten ihn anzeigen können", wirft Sandra ein. Franz Höfle zuckt mit den Schultern. „Innert der Familie macht man das sicher nicht", argumentiert er. Sandra erinnert die Situation an klassische Missbrauchsfälle, aber eben auf einer anderen Ebene, der des Geldes.

„Wie viel Geld hat er Ihnen zukommen lassen, um die Firma über Wasser halten konnten", will Dr. Hämmerle wissen. Die Höhe der Summe überrascht ihn. Hier ging es nicht um Kleinigkeiten.

„Dann sind Sie schon seit längerer Zeit komplett von Ihrem Bruder abhängig gewesen?"

„Nicht nur ich, auch die Mitarbeiter", antwortet Franz Höfle. Darum hat er auch weiter nichts unternommen. Er wollte seine Mitarbeiter nicht enttäuschen. Die Alternative wäre ein Konkurs gewesen. Franz Höfle wirkt von Frage zu Frage zusehends geknickter und seine Antworten werden immer leiser. Die Anwälte raten ihm, nur das Nötigste zu sagen. Er hält sich nicht daran. Sandra und Dr. Hämmerle haben den Eindruck, dass er die ganze Geschichte loswerden will. Insgeheim hoffen sie auf ein Geständnis. Höfle und seine Anwälte verweisen aber auf das Alibi. Das ist wasserdicht.

„All die Demütigungen, die Sie ertragen mussten, könnten doch ein Motiv gewesen sein.“ Dieser Versuch des Staatsanwalts, eine Brücke zu einem Geständnis zu bauen, führt zu einem heftigen Wortwechsel zwischen den Juristen. Man verständigt sich auf eine Auszeit bei der Vernehmung.

Sandra zieht sich mit Dr. Hämmerle in ihr Büro zurück. Sandra schaut durchs Fenster den Zügen zu. Der Staatsanwalt schnappt sich einen Besucherstuhl und legt die Beine hoch.

„Was hältst du davon Florian?“, will Sandra wissen.

„Verzwickte Familiengeschichte, kommt öfters vor“, meint er lakonisch, steht auf und stellt sich zu Sandra ans Fenster.

„Irgendwie bin ich geneigt, ihm zu glauben, dass er es nicht war“, versucht Sandra ihrem Bauchgefühl Raum zu geben. Dr. Hämmerle hält dagegen. Im Staatsanwalt findet sie einen kongenialen Partner, um die Argumente und Gegenargumente auszutauschen.

„Gut, er war es nicht“, stellt er nach einer ausführlichen Diskussion fest, „wer aber dann?“ Sie sind sich einig. Dennoch wollen sie die Befragung weiterführen, um möglichst viel über die Familie zu erfahren. Und ja, Sandra will die Schwarzenberg-Geschichte geklärt wissen.

„Also nochmal, Ihr leiblicher Vater ist nicht Franz Senior, sondern wohl einer der Textilbarone, ist das richtig?“ Einer der Anwälte beharrt darauf, dass keine Namen genannt werden. Das würde zu Komplikationen führen, argumentiert er.

„Dass Sie kein richtiger Höfle sind, hat Ihr Bruder ausgenutzt, um Sie aus der Firma zu drängen?“

„Ja und nein, in der letzten Zeit ist es hauptsächlich wegen des schlechten Geschäftserfolges zu Streitigkeiten gekommen“, weicht Höfle, der von den Anwälten wieder auf Linie gebracht wurde, aus. Sandra blickt auf die Uhr, es ist schon nach sechs. Themenwechsel, denkt sie.

„Ihre Schwester, mit der hatten Sie doch auch Streit?" Sie wird von Franz Höfle als geldgierig und rechthaberisch beschrieben.

„Zudem hat sie zwei Probleme, vom einen wissen viele, das ist der Alkohol. Das andere kenne vermutlich nur noch ich." Rita leidet unter Schizophrenie. Sie hat Franz als Zwanzigjährige einmal tätlich angegriffen. Er zeigt ihnen die Narbe am Oberarm, heißes Öl aus der Pfanne. Seither ist sie in Behandlung. Die Krankheit ist auch der Grund, wieso er ihr immer wieder nachgegeben hat und ihr in finanzieller Hinsicht entgegengekommen ist.

„Nehmen Sie nicht alles für bare Münze, wenn Sie mit ihr reden", so sein Ratschlag.

„Bei wem steht sie in Behandlung?", hakt der Staatsanwalt nach. Was wiederum zu einem Schlagabtausch mit den Anwälten führt.

„Das müssen Sie schon mir überlassen, wie ich die Krankengeschichte überprüfe. Keine Sorge, ich bin es gewohnt mich an die Rechtsvorschriften zu halten", kontert Dr. Hämmerle auf die Unterstellungen seitens der Anwälte. Sandra wechselt nochmals das Thema der Befragung.

„Stichwort *Schwarzenberg-Hochälpele*. Sie sind, nachdem Sie Ihre Schwester aufs *Bödele* gebracht haben, zur Alpe hochgefahren. Was haben Sie da gemacht." Auf die Frage hat Franz Höfle schon gewartet. Vorbereitet und mit seinen Freunden abgesprochen, gibt er Auskunft. Es bleibt ihm nichts anderes übrig. Er hofft dabei, dass die Polizei die Aussage, ohne sie genauer zu prüfen, schluckt.

„Eine Jägerversammlung, ein bis zwei Mal im Jahr." Er nennt auch die Namen der Beteiligten.

„Sie können sich gerne erkundigen." Eine illustre Gesellschaft, denkt sich Sandra und notiert sich die Namen, man weiß ja nie. Dr. Hämmerle kramt seine Unterlagen zusammen. Die Anwälte sehen das als Zeichen, dass die Vernehmung beendet ist und schauen ihn fragend an.

„Sie können Franz Höfle mitnehmen und gehen."

„Gehst du noch mit auf ein Bier", fragt Florian, als Franz Höfle und seine Anwälte den Vernehmungsraum verlassen haben. Sandra sitzt nachdenklich am Tisch und macht sich ein paar Notizen.

„Wohin?"

„In den Gastgarten vom *Gemsle*. Da sind wir wenigstens etwas abseits vom Trubel der Innenstadt."

„Geh du vor. Ich komme nach, muss nur noch schnell die wichtigsten Infos an meine Mitarbeiter weitergeben und aus der Uniform raus."

Dr. Florian Hämmerle muss zweimal schauen, bevor er Sandra eine halbe Stunde später im Gastgarten vom *Gemsle* zuwinkt. Sie steht unschlüssig beim Eingang und hält Ausschau nach ihm. Er sitzt am hintersten Tisch, weit abseits der Marktstraße. Sie hat sich umgezogen, petrolfarbene, weitgeschnittene Seidenbluse zu einem schwarzen kurzen Rock.

„Wow", begrüßt er sie.

„Spare dir den Kommentar", kontert sie beim Austausch der Wangenküsschen.

„Ich habe Hunger. Isst du auch etwas?" Sie bestellen sich Gambas in Knoblauchöl mit Olivenbrot. Vor dem Essen unterhalten sie sich über Privates. Nachdem Florian auch noch die von Sandra übergelassenen Gambas verdrückt hat, kommt er beim Reinigen der Hände mit Zitronenwasser zum Dienstlichen.

„Deine Vermutung, dass Franz Höfle auch noch etwas mit eurer Brandserie zu tun hat, finde ich weit hergeholt", stellt Florian fest. Sandra versucht, ihren vagen Verdacht im

Zusammenhang mit der Brandserie, die die Stadt in den letzten Monaten heimgesucht hat, so gut es bei der geringen Faktenlage geht, zu begründen.

„In dem Zusammenhang gehe ich halt jedem Hirngespinst nach. Die Sache lässt mir keine Ruhe." Sie berichtet Florian, dass sie und Feuersinger vermuten, dass hinter den Anschlägen ein System steckt.

„Da ist kein Zünsler am Werk, der einfach eine Freude am Feuer hat. Da geht es um mehr."

„Die genannten Namen waren ja recht interessant", kommentiert Florian. Er legt aber seine Skepsis gegenüber Sandras Theorie nicht ab.

„Bis morgen wissen wir mehr darüber." Sandra hat Schorsch gebeten, zu überprüfen, ob die Herren im Besitz einer Jagdlizenz sind.

„Misstrauisch bist du ja gar nicht."

„Das gehört zu unserem Job."

„Wie sieht es aus. Bist du morgen dabei, wenn wir das Anwesen auf dem *Bödele* auseinandernehmen?" Florian verneint, er hat am Samstag was anderes vor.

„Ist Rita Höfle noch im Land?", will er wissen.

„Sie will bis zum Begräbnis am Montag bleiben." Sandra gähnt und zeigt zum Himmel.

„Lass uns gehen. Ich muss morgen wieder früh raus und da braut sich ein ordentliches Gewitter zusammen."

#10

Am Samstag gegen zehn Uhr ist es auf der Inspektion recht ruhig. Die meisten Diensthabenden sind auf Streife. Die wenigen, die sich im Haus aufhalten, verfassen Berichte oder trinken im Sozialraum Kaffee und lesen Zeitung. Sandra hat von den Polizisten der Mordermittlungsgruppe nur Schorsch und Kevin zur Besprechung und zum anschließenden Dienst einbestellt, die anderen sollen das Wochenende genießen. Fledderer von der Spurensicherung ist auch nur mit einem Mitarbeiter gekommen.

„Bei einer routinemäßigen Hausdurchsuchung kommen wir auch so klar."

„Was gibt es zu berichten?", startet Sandra und blickt dabei aufmunternd in die kleine Runde, die sich im Besprechungsraum versammelt hat. Kevin steht gleich vom Tisch auf und stellt sich zum Board und den Pinnwänden. Er hat gestern am Abend bis tief in die Nacht noch die neuesten Erkenntnisse eingearbeitet.

„Nachdem Franz Höfle auf freien Fuß gesetzt wurde und wir immer noch im Dunkeln tappen, hat mir der Gedanke, Rita Höfle könnte es gewesen sein, keine Ruhe gelassen."

Laut Statistik spielen sich ja Mordfälle meist zwischen Leuten ab, die in einer engeren Beziehung zueinander stehen. Die Informationen zu Rita hat Kevin aus dem mittlerweile entstandenen Wirrwarr auf dem Whiteboard herausgenommen und auf eine neue gesonderte Pinnwand geheftet. Ganz oben die Karte mit der Information: Schizophrenie.

„Ist das Krankheitsbild geklärt?", fragt er in die Runde. Sandra verneint. Es wird mindestens bis Montag dauern, bevor sie von Dr. Hämmerle Bescheid bekommen, wie der Verlauf der Krankheit sich bei Rita Höfle entwickelt hat.

„Eine Auskunft zu einer Erkrankung unterliegt genauen

Regeln. An die muss er sich halten. Wir gehen aber davon aus, dass Schizophrenie vorliegt, wie auch immer."

Der nächste Punkt, den Kevin anschneidet, ist der Fußabdruck. Neben der Karte Fußabdruck sind Bilder in Originalgröße von einem halben Absatz einer rechten Schuhsohle zu sehen. Es ist die linke Seite eines Absatzes und dazu noch ein schmaler kaum erkennbarer Streifen der Auftrittsfläche.

„Dass es sich um einen verwischten Teilabdruck handelt, ist mir klar", leitet er seine Überlegungen ein. Er schlägt vor, zumindest einen Größenvergleich mit Schuhen von Frau Höfle vorzunehmen.

„Gib mir die Bilder einmal herüber", bittet ihn Lisa Fledderer. Kevin reicht sie ihr.

„Wartet einen Augenblick." Sie bittet ihren Mitarbeiter rasch ein spiegelverkehrtes Bild des Abdruckes anzufertigen.

„Dadurch bekommen wir mit dem Original des rechten und einem fiktiven Bild des linken Abdrucks eine bessere Vorstellung." Sie reicht die Bilder weiter.

Eine Karte hält Kevin bis zuletzt in der Hand und heftet sie, mit einem schüchternen Lächeln zu den anderen. Alibi ist fraglich, steht darauf.

Kevin, der von Sandra ja beauftragt ist, die Daten zu sammeln und den Überblick zu wahren, hat sich die Mühe gemacht, Aussagen, die ihm vage oder überprüfenswert erschienen, abzuklopfen. Die Angabe von Rita, dass sie zum Tatzeitpunkt in Wien war, stach ihm dabei ins Auge.

„Sie ist an besagtem Freitag um 09:30 Uhr von London kommend in Zürich gelandet und nicht weitergeflogen, könnte sich also zum Tatzeitpunkt in Dornbirn aufgehalten haben", lässt er die Neuigkeit wie eine Bombe platzen.

„Bist du dir da sicher?", will Sandra wissen. Kevin hatte die Idee, sich die Fluggastdaten der umliegenden Flughäfen anzusehen. So wurde er fündig. Er hat sich die halbe Nacht damit um die Ohren geschlagen. Flugdaten überprüfen ist eine zähe Angelegenheit, vor allem, wenn man sie im Ausland abfragen muss.

„Bah“, schlüpft es Lisa Fledderer heraus. „Wäre ich froh, hätte ich solche Mitarbeiter“, wendet sie sich an Sandra.

„Na, sei nicht so ungnädig mit deinen Leuten, die sind alle top.“ Sandra bedankt sich bei Kevin und stellt fest, dass diese Erkenntnis vermutlich eine entscheidende Wende im Fall ist.

„Kopfzerbrechen sollte uns aber das Motiv machen. Warum sollte Rita Höfle ihren jüngeren Bruder ermorden?“, überlegt Sandra. Bei Franz wäre der lange Streit ums Geld ein Grund gewesen. Bei Toni findet sie keinen Ansatzpunkt.

„Wir werden ja sehen. Alle Fragen lösen sich nicht auf einmal“, lässt sie diesen Punkt offen im Raum stehen.

„Mmh“, räuspert sich Schorsch. Sandra hatte im Verlauf der Besprechung den Eindruck, dass er noch nicht ganz wach ist und vor sich hindöst. Jedenfalls blieb die Virginia bisher hinter seinem rechten Ohr.

„Bitte“, wendet sie sich an ihn.

„Nicht nur unser Küken war fleißig“, stichelt Schorsch in gewohnter Manier.

Er hat die Namen der Jägerversammlung mit den ausgegebenen Lizenzen der Bezirkshauptmannschaft abgeglichen, was am Samstagvormittag auch für ihn nicht so einfach war. Aber er hat halt so seine Beziehungen und eine Sachbearbeiterin, die ihm noch einen Gefallen schuldig war, bewegen können, für eine Stunde ins Büro zu gehen. Sie war gerade auf dem Weg zum Markt, als er sie auf dem Handy erreichte.

„Und siehe da“, jetzt fuchtelt er mit der Virginia in der Luft herum. Von den sechs genannten Männern haben nur drei eine Jagdlizenz und einen Waffenschein.

„Von wegen Jägerversammlung“, schnaubt er, nur zwei von denen haben eine Jagd gepachtet. Eine davon liegt auf der anderen Talseite gegenüber dem *Bödele* am *Geißkopf*, die andere umfasst nur das Waldstück unterhalb vom *Hochälpelekopf* zu den Liftanlagen hin, dorthin verirrt sich selten ein Reh, zu viele Touristen, sommers wie winters.

„Gut gemacht, Schorsch."

„Lass mich ausreden Leutnant, ich bin noch nicht fertig." Mit dem Besitzer der Alpe hat er auch telefoniert. Mit dem sollte man reden. Dem scheint es nicht mehr recht zu sein, dass sich diese Gesellschaft auf seinem Anwesen trifft. Vor zig Jahren hatte er solche Treffen das erste Mal zugelassen. Auf die Frage, warum er das nicht aufkündigt, hat er kleinlaut gemeint, dass sie eine irrwitzige Summe zahlen. Sandra ist mit den Ermittlungsergebnissen sehr zufrieden.

„Dann fahren wir nach der Hausdurchsuchung auf jeden Fall auch noch zur Alpe hinauf", erweitert sie das Arbeitspensum des Tages.

Der Mitarbeiter von Fledderer kommt zurück und heftet die Bilder an die Pinnwand. Lisa steht auf und zeichnet die möglichen Konturen der Schuhe nach.

„Da habe ich doch wirklich zu wenig Wert darauf gelegt", gesteht sie. Erst dadurch, dass Kevin Rita als mögliche Täterin ins Spiel gebracht hat, ist ihr klar geworden, dass in dem verwischten Fußabdruck mehr Informationen stecken könnten.

„Von der Sohlenform her eindeutig der Schuh einer Frau, vermutlich Größe 38."

Das Anwesen der Höfles am *Bödele* ist verwaist, von Rita Höfle keine Spur. Sandra versucht, sie telefonisch zu erreichen, vielleicht ist sie ja bloß irgendwohin hin zum Einkaufen gefahren. Ihr Telefon ist ausgeschaltet. Kurz beratschlagt Sandra mit ihren Leuten, wie sie weiter vorgehen wollen.

Kevin soll die Nachbarn befragen, ob sie etwas bemerkt haben. Schorsch bietet sich, nachdem er das Schloss der

Eingangstür inspiziert hat, an, dieses fachmännisch zu öffnen. Sandra telefoniert mit dem Staatsanwalt, um ihn auf dem Laufenden zu halten. Sie stört ihn ungern beim Segeltörn mit Freunden am See, es muss aber sein, bevor sie in Abwesenheit der Bewohnerin ins Haus eindringen

„Bitte einzutreten." Schorsch macht unter dem Türstock eine einladende Geste. Es ist ihm in kürzester Zeit gelungen, das Schloss, ohne es zu beschädigen, zu knacken.

„Wo hast du das gelernt?", will Kevin, bevor er sich auf den Weg zu den Nachbarhäusern macht, wissen.

„Volkshochschulkurs", hält sich Schorsch bedeckt. Sie lassen Lisa Fledderer mit ihrem Mitarbeiter den Vortritt, nachdem sie sich alle mit Handschuhen und Schuhüberziehern ausgerüstet haben.

„Wir teilen uns die Räume auf. Schaut euch um, wenn ihr was entdeckt, dann ruft mich. Geht bitte systematisch vor", gibt sie letzte Anweisungen, bevor sie das Haus betreten.

Nach gut einer Stunde sind sie durch. Lisa ist bei der Vitrine mit den alten Backutensilien fündig geworden. In einer Schüssel befand sich ein Etui aus Leder für drei Bäckermesser, eines fehlt. Die Messer sind nach dem ersten Augenschein mit der Tatwaffe ident. Sie kontrollieren auch die wenigen Schuhe, die in der Garderobe stehen. Offensichtliche Blutspuren sind an den Sohlen keine zu entdecken. Ein Paar nehmen sie zum Abgleich der Schuhgröße mit. Ansonsten ist nichts Auffälliges im Haus zu finden. Schorsch versperrt wieder die Eingangstür. Am Gatter zum Anwesen warten sie auf Kevin, der noch mit der Befragung der Nachbarn beschäftigt ist.

„Die Indizien, dass Rita die Täterin ist, verdichten sich zusehends", stellt Sandra fest. Doch wo ist sie? Diese offene Frage gilt es zu klären. Kevin bringt dazu recht spärliche Informationen. Mit der Nachbarin des übernächsten Hauses ist Rita befreundet. Sie leiht ihr hin und wieder auch das Auto, um in die Stadt zu fahren. Am Donnerstagnachmittag hat sie sie das letzte Mal gesehen, seither ist Rita Höfle verschwunden. Sie hat nichts gesagt, was irgendwie eigenartig ist. Sie hält die Nachbarin sonst immer auf dem Laufenden. Kevin hat schon eine Handyortung beantragt, um ihren aktuellen Aufenthaltsort zu bestimmen.

„Das wird etwas dauern." Sandras Telefon läutet. Sie stellt sich abseits der Gruppe, antwortet nur einmal mit, „Okay, ich komme."

Nachdem sie ihre Fahrräder abgestellt haben, nehmen Paul, Nicki und Hannes die Stiege und steigen hinunter ins Bett der *Dornbirner Ach*. Seit Kurzem gibt es diesen ausgebauten Zugang. Aufgrund der Trockenheit in den letzten Wochen führt der Fluss wenig Wasser. Das Gewitter in der Nacht hat daran nichts geändert. Der Ploder, den sie bevorzugen, hat aber noch genug, um nach Lust und Laune an diesem heißen Sommertag Abkühlung zu finden. Sie treffen sich hier schon den ganzen Sommer über. Am Samstagnachmittag tun sie das, was sie zu Hause nicht dürfen. Paul steuert eine Flasche Wodka bei, Nicki etliche Dosen Red Bull und Hannes hat seinem älteren Bruder drei Tütchen abgeschnorrt.

„Kommt Flora auch?", will Paul wissen. Beim letzten Treffen hat sie mit zwei von ihnen herumgeschmust. Das war geil. Paul hatte dabei den Eindruck, dass er erste Wahl war.

„Glaube nicht, die hat was andres am Laufen", meint Hannes, der mit ihr in dieselbe Klasse geht. Sie war in der letzten Woche recht zickig. Die Jungs müssen, damit sie trockenen Fußes zu ihrem Platz kommen, einen Bogen um die Mündung des Stollens, der das Wasser vom *Steinebach* durch den *Zanzenberg* bei schweren Gewittern und Hochwassergefahr ableitet, machen. Aus diesem läuft noch vom heftigen Gewitter in den frühen Morgenstunden Restwasser aus.

„Was ist das?“, Hannes deutet in Richtung des vergitterten Schlundes.

„Sieht aus wie eine Hand, die da herausragt.“

„Lass uns abhauen.“ Paul ist bleich geworden.

„Kommt nicht in Frage, wir müssen die Polizei verständigen.“

„Lisa, wir müssen sofort runter in die Stadt. Schorsch du fährst allein zur Alpe. Ein Leichenfund, ich weiß noch nichts Genaueres.“

Die Straßen um den Fundort sind gesperrt. Die nach Hause radelnden Badegäste vom Waldbad werden übers *Hatlerdorf* umgeleitet. Trotzdem halten sich schon genügend Schaulustige in der Umgebung auf. Die Stelle ist auch von den umliegenden Wohnblöcken aus gut einsehbar. Ein Trupp der Feuerwehr, Rettung, Andreas Lecher und Hanife Ilgec und ein Arzt sind vor Ort.

„Gut, dass ihr schon ein Zelt aufgebaut habt. Es ist nicht nötig, dass uns da wer zuschaut. Wer weiß?“, bedankt sich Lisa bei den Leuten der Feuerwehr, die gerade die letzte Plane ausrollen. Sandra erkundigt sich bei Hanife, wer den Fund entdeckt hat. Diese deutet zu Lecher hinüber, der mit drei Jungs etwas abseits auf Steinen sitzt.

„Die stehen unter Schock, er versucht sie zu beruhigen und ihre Eltern zu erreichen.“

Mit einer schweren Bohrmaschine beginnen zwei Feuerwehrleute die Schrauben der Eisenverstrebungen zu lösen, damit der zur Hand gehörende Körper aus dem Stollen geborgen werden kann.

„Sieht schlimm aus“, der Kommentar des Arztes, als er sich nach einer ersten Untersuchung ächzend vom Boden erhebt.

Sandra nimmt ihn zur Seite, „Was soll das heißen“, bohrt sie gleich nach.

„Kopfschuss und dann noch die Verletzungen post mortem“, fängt der Arzt zu dozieren an. Der männliche Tote, er ist circa 40 Jahre alt, groß gewachsen, nur noch mit Jeans und Polohemd bekleidet, wurde erschossen und vermutlich kurze Zeit später in den Hochwasserstollen geworfen. Zu diesem Zeitpunkt war die Leichenstarre noch nicht eingetreten und es kamen zum tödlichen Kopfschuss noch unzählige Verletzungen, wie Knochenbrüche, Quetschungen und Prellungen. Der Kopfschuss muss aus sehr kurzer Distanz abgegeben worden sein. Die halbe Schädeldecke ist weggerissen. Vielleicht waren es auch mehrere Schüsse.

„Verletzungen nach Eintritt der Leichenstarre sehen anders aus. Genaueres kann aber erst nach der Obduktion gesagt werden. Die Gewalteinwirkung durch das Wasser war auf alle Fälle heftig“, er zeigt dabei in Richtung Stollenmündung.

„Es hat ihm bei dieser endgültig die Schuhe ausgezogen“, streut der Arzt eine makabre Bemerkung mit Blick auf die nackten Füße ein.

Sandra winkt den Leiter des Feuerwehrtrupps zu sich.

„Hast du eine Ahnung, wie eine Person in diesen Stollen hineinkommt?“ Der Feuerwehrmann nimmt den Helm ab und kratzt sich am Hinterkopf.

„Schwer zu sagen. Beim Wehr am *Steinebach* sicher nicht.“ Er vermutet, dass es nur möglich ist über einen der Wartungsschächte hier in unmittelbarer Umgebung, wo der Stollen vom Berg austritt und als Kanal unter der Straße geführt wird.

„In welchem Zeitrahmen kann sich das abgespielt haben?“, will Sandra vom Arzt wissen.

„Maximal drei Stunden von der Tötung bis zur Einbringung in den Stollen.“ Sandra rechnet im Kopf kurz nach. Der Zeitpunkt, zu dem das Gewitter ausbrach und ab wann der Entlastungsstollen geflutet wurde, muss dabei berücksichtigt werden. Schnell ist ihr klar, dass der Ort der Exekution von hier nicht weit entfernt sein kann. Lisa stößt zu der kleinen Gruppe dazu.

„Der Tote kann abtransportiert werden."

„Hast du irgendwelche Papiere gefunden, die Identität betreffend?" Lisa verneint die Frage.

„Dann werde ich das Weitere veranlassen."

Telefonisch kündigt Sandra beim Journaldienst an, dass in einer halben Stunde alle verfügbaren Mitarbeiter zur Lagebesprechung in der Dienststelle sein müssen. Sie kontaktiert auch Friedl, ob er ihr weitere Mitarbeiter zur Verfügung stellen kann. Er sichert zu, auch selbst zu kommen. Ziel der Aktion ist es, irgendeinen Hinweis im Umkreis von zehn Kilometern zu finden, der schnell zur Identifizierung des Toten führt. Sandra und Kevin koordinieren den Einsatz von der Inspektion aus und stehen den Medien zur Verfügung, die an diesem Samstag ununterbrochen die Bevölkerung um sachdienliche Hinweise bitten.

Noch am Abend, vor Einbruch der Dunkelheit, stellt sich der Erfolg der Operation ein. Beamte eines Streifenwagens haben ein abgestelltes und abgesperrtes Fahrzeug auf dem kleinen Autobahnparkplatz beim *Werbenhof* genauer unter die Lupe genommen. Der Wagen war linksseitig auffallend nahe an eine Hecke geparkt worden. Sie haben dabei festgestellt, dass die linke Seitenscheibe zersplittert ist und zwei Löcher aufweist, die von einer Schusswaffe stammen müssten.

Lisa Fledderer trifft mit ihren Mitarbeitern, die ihren freien Tag nun doch opfern mussten, als Erste auf dem Parkplatz ein. Sie machen sich im restlichen Tageslicht gleich an die Arbeit. Kurz danach treffen Sandra und Kevin ein. Auch Friedl Natter, den es ja nunmehr eigentlich für die Suche nicht mehr braucht, schaut auf dem Nachhauseweg nach Lustenau noch vorbei. Von den Polizisten, die den Wagen entdeckt haben, sind schon die entsprechenden Maßnahmen gesetzt worden.

Zu und Abfahrt des Parkplatzes sind gesperrt. Alle Autofahrer wurden gebeten den Platz zu verlassen. Die nicht öffentliche Zufahrt von der Stadt her ist für die Einsatzkräfte geöffnet.

„Wir haben den Wagen aufgeknackt und sind schon dabei, ihn zu untersuchen. Nach dem ersten Check lassen wir ihn abtransportieren."

Sandra steht unter der offenen Heckklappe des VW Buses und ist gerade dabei, den PC hochzufahren, als Lisa ihr Fahrzeugpapiere und eine Geldtasche in einem Plastiksack überreicht. Sandra streift Handschuhe über, wirft einen Blick auf die Papiere und durchsucht die Geldtasche. Das Fahrzeug, ein Lieferwagen ohne Werbeaufschrift und Logo, ist auf die Firma *höfle der bäcker* zugelassen, die Karten in der Geldbörse, lassen den Schluss zu, dass der letzte Benutzer ein gewisser Aaron Aberer war.

„Sollten das Auto und Aaron Aberer mit dem Leichenfund vom Nachmittag in einem Zusammenhang stehen, müssen ein paar Fragen schnell geklärt werden." Ist der Parkplatz auch der Tatort? Ist es tatsächlich Aaron Aberer, den sie aus dem Stollen geborgen haben? Sandra erkundigt sich bei Lisa, wie schnell sie in der Lage ist, diese Fragen zu beantworten, vor allem die Letztere.

„Die Identität können wir gleich einmal feststellen, wir haben Blut und Fingerabdrücke, das dauert nicht lange. Sicher ist auch, dass im Auto geschossen wurde. Schmauchspuren und Rußpartikel finden sich im Wagen. Ob der Parkplatz auch der Tatort ist, das wird dauern." Ihre Leute sind dran.

Sandra kommt nochmals auf ihr Hirngespinst zur Brandserie und die fragwürdigen Aussagen von Franz Höfle zu seinem Umfeld, der Jagdgesellschaft, zu sprechen, als Friedl zu den Frauen stößt. Er hört dem Gespräch aufmerksam zu.

„Da biegst du dir aber allerhand zurecht", meint Friedl.

„Der Firmenwagen hier! Ist das etwa ein Zufall, dass wieder

etwas im Dunstkreis von *höfle der bäcker* nicht mit rechten Dingen zugeht?", kontert Sandra energisch.

„Vielleicht hast du ja recht. Es fehlt aber eindeutig an Beweisen."

„Die werden wir schon finden", gibt sich Sandra nicht geschlagen. Friedl schätzt ihre Beharrlichkeit, die er aus den Fällen, die sie gemeinsam gelöst haben, kennt.

„Was hast du nun vor?", will Lisa wissen. Sandra will Dr. Hämmerle erreichen. Er soll auf jeden Fall heute Nacht bei den Ermittlungen dabei sein. Es ist auch kein Schaden, wenn wir in dieser Sache Feuersinger mit ins Boot holen.

„Den verständige ich", bietet Lisa an. Sie weiß seit Neuestem, wo er am Samstagsabend umgeht. Sandra wundert sich nicht, wenn sie dabei an das Eröffnungsfest der Inspektion zurückdenkt. Da hat sich, scheint es, etwas ergeben, geht es ihr durch den Kopf.

„Freude wird er keine haben", meint Lisa dazu.

Auch wenn sich das, was sich Sandra hier zusammenreimt, als Pleite herausstellt, wird sie den Spott von Feuersinger schon ertragen.

„Wir treffen uns in einer Stunde auf der Inspektion." Sandra hofft, dass sie bis dahin auch den Staatsanwalt verständigen kann und er sich die Zeit nimmt zu kommen. Das wird vermutlich auch eine lange Nacht werden.

„Haben wir alle Informationen?" In Sandras Büro sitzen Dr. Hämmerle, Feuersinger, Kevin, Lisa und Friedl, der als Gast wieder einmal willkommen ist. Trotz seiner Skepsis gegenüber der mageren Faktenlage interessiert ihn die Brandserie in Dornbirn. In Lustenau ist er mit *warm Abtragen*, um Versicherungen zu betrügen, immer wieder konfrontiert. Aber das hier scheint andere Dimensionen zu haben.

Lisa kann aufgrund der schnell ausgewerteten Fingerabdrücke

und des Vergleichs des Bluts Sandras Fragen beantworten.

„Beim Toten aus dem Hochwasserstollen handelt es sich eindeutig um Aaron Aberer. Gesichert ist auch, dass er in dem Auto, das am Parkplatz sichergestellt wurde, erschossen wurde."

Kevin referiert, was er schon im Vorfeld sicherheitshalber zu Aaron Aberer recherchiert hat: Leiter der Haustechnik und Betriebsfeuerwehr bei *höfle der bäcker*, wohnhaft am *Fallenberg* oberhalb der Stadt, er hat eine Schwester, die in Bregenz lebt, ob er eine Partnerin oder Ehefrau hat, war in der kurzen Zeit nicht herauszufinden.

„Er hat den Spitznamen der Rote", beendet er seine Ausführungen.

„Dann würde ich vorschlagen, wir schauen uns das Haus von Aaron Aberer einmal an", ergreift Dr. Hämmerle das Wort.

„Sollte er eine Frau oder eine Partnerin haben, müssen wir sie sowieso über den Todesfall informieren." Der Staatsanwalt hat den Segeltörn mit einem Freund am See sofort abgebrochen, als ihn Sandra telefonisch erreichte. Er wirkt etwas abgehetzt und hat einen Sonnenbrand auf der Stirn und am Nacken.

„Gut, dann fahren wir zum Haus von Aberer", schließt Sandra die Besprechung. Sie dankt allen Beteiligten und findet es dabei nicht selbstverständlich, dass sich alle Mitarbeiter in der Nacht voll einbringen. Vielleicht kommen sie bei der Brandserie etwas weiter, gibt sie ihrer Hoffnung Ausdruck. Im Hinausgehen winkt sie Dr. Hämmerle zu sich und reicht ihm aus dem kleinen Bürokühlschrank einen Tiegel ihrer selbstgemachten Joghurt-Gurkencreme.

„Wirst sehen, das hilft", sie deutet dabei auf seine Stirn und Nacken.

Es ist schon nach Mitternacht, als sie sich auf den Weg machen. Kevin setzt sich ans Steuer.

„Heute geht wohl alles drunter und drüber", bemerkt er zum nächtlichen Einsatz und informiert Sandra darüber, dass Rita Höfle sich laut Handyortung aktuell im Großraum Wien aufhält. Sandra quittiert die Info geistesabwesend mit einem Kopfnicken.

Das Haus von Aberer liegt etwas abseits der schmalen Gemeindestraße, die sich den Berg hinaufwindet. Es ist tief in den Berghang hineingebaut und von Bäumen umgeben, kaum auszumachen. Als der Polizeitross mit zwei Fahrzeugen auf den Vorplatz des Hauses einschwenkt, geht Licht an, das den Vorplatz ausleuchtet. In dem kleinen Haus selbst bleibt es dunkel.

„Sieht so aus, als ob Aberer hier allein wohnt", kommentiert Kevin die Lage, als er als Erster aus dem VW-Bus springt. Feuersinger und Fledderer klettern mit dem Staatsanwalt aus dem zweiten Wagen und gehen über die schmale Stiege aus ausgetretenem Sandstein zur Haustür. Das Haus macht auf sie einen etwas heruntergekommenen Eindruck. Die Fensterläden sollten gestrichen, die herunterhängenden Traufen erneuert, und die geschindelte Fassade vom wild wuchernden Efeu befreit werden. Auf Läuten und Klopfen rührt sich nichts.

„Dann werden wir halt die Tür selber öffnen müssen."

Feuersinger kramt in seinen Taschen nach einem Dietrich. Der Staatsanwalt, der auf der untersten Stufe der Stiege stehengeblieben ist, nickt ihm auffordernd zu. Sie teilen sich die Räume auf und durchsuchen das ganze Haus. Feuersinger und Fledderer nehmen sich den Keller und die angebaute Garage vor.

„Hier wohnt sicher keine Frau", ruft Sandra den anderen zu, als sie mit dem Badezimmer fertig ist.

In den Wohnräumen ist nichts Auffälliges zu finden. Sie sind für einen alleinlebenden Mann recht gut aufgeräumt. Aberer scheint eine Vorliebe für Vinyl und Marihuana zu haben. Im gemütlich eingerichteten Wohnzimmer befindet sich ein alter

Plattenspieler und eine ganze Wand mit Schallplatten. Ein leicht süßlicher Geruch hängt in den Vorhängen und den Polstermöbeln. Die Luft ist abgestanden.

Im Keller hingegen sind Fledderer und Feuersinger auf etwas gestoßen. Feuersinger kommt lächelnd die Treppe hoch.

„Wenn ihr oben fertig seid, könnt ihr gehen. Bei uns im Keller dauert es noch." Er berichtet vom Fund, den sie gemacht haben.

„Eine kleine, feine Werkstatt mit allem, was man so braucht, um alte Holzhäuser in Brand zu stecken."

Friedl und Kevin wollen sich das nicht entgehen lassen und bieten ihre Hilfe beim Sichern des Asservats an. Sandra und Dr. Hämmerle fahren zurück zur Inspektion, nachdem sie einen Blick in den Keller geworfen und Fotos gemacht haben.

Es ist bereits Sonntagmorgen und die Dämmerung schiebt sich von der *Schwende* her über die Stadt. Die ersten Züge fahren in den Bahnhof ein. Der Bahnhofplatz erwacht, Busse stehen bereit, Müllmänner sammeln den Abfall der vergangenen Nacht ein.

Auf der Inspektion ist es ruhig. Übernächtige Beamte tippen Berichte von ihren Einsätzen. In Dornbirn war wieder allerhand los. Mittlerweile sind auch Feuersinger, Fledderer, Kevin und Friedl vom Anwesen von Aaron Aberer zurückgekehrt und stoßen zu Sandra und dem Staatsanwalt, die im Büro sitzen und die vorläufigen Ergebnisse der Ermittlungen diskutieren. Denn der Mord an Aberer wirft viele Fragen auf.

„Professionell und geplant scheint das nur, wenn wir es oberflächlich betrachten", meint Sandra dazu. Gravierende Fehler sind dem oder den Tätern unterlaufen. Das Zurücklassen der Fahrzeugpapiere und der Geldbörse lassen darauf schließen, dass das Ganze recht überhastet vor sich ging. Beide sind sich einig, dass es vermutlich mindestens zwei, relativ kräftige

Männer gewesen sein müssen, die die Tat begangen haben. Der Fundort des Wagens muss nicht unbedingt mit dem Tatort übereinstimmen. Da sind die Ergebnisse der Spurensicherung abzuwarten.

„Ich vermute den Tatort in der Nähe des Schachtes, der in den Hochwasserstollen führt“, spekuliert Dr. Hämmerle. Er kann sich nicht vorstellen, dass der Erschossene auch noch umgeladen wurde, um ihn im Hochwasserstollen verschwinden zu lassen.

„Es müssen Leute mit einer verdammt guten Ortskenntnis gewesen sein. Aber lassen wir das und sehen wir, was die Spurensicherung uns in den nächsten Tagen zu berichten hat.“ Sandra will über die Ermordung von Aaron Aberer nicht weiter spekulieren.

Auch Andreas und Hanife sind noch irgendwo im Haus und erledigen Bürokram zum nachmittäglichen Leichenfund und der Suchaktion.

Sandras Telefon läutet. Es ist Schorsch, den sie mittags auf dem *Bödele* zurückgelassen haben, um mit dem Betreiber der Alpe am *Hochälpele* zu reden. Sandra kann ihn kaum verstehen. Er scheint leicht betrunken zu sein. Im Hintergrund hört Sandra das Geräusch eines hochtourig gefahrenen Wagens und Schaltversuche, die zu einem hässlichen Knirschen des Getriebes führen.

„Sitzt du etwa angestochen hinter dem Lenkrad“, will sie, nachdem ihr das unzusammenhängende Gerede von Schorsch zu blöd wird, wissen.

„Ist halt beim Älpler spät geworden. Der Most, den der hat, ist fantastisch“, gibt Schorsch seinen Zustand gleich zu.

„Komm endlich zur Sache. Warum der Anruf mitten in der Nacht.“

Schorsch braucht ja nicht gleich zu wissen, dass alle noch im Dienst sind. Er hat mit dem Älpler lange geredet. Dabei ist dem etwas eingefallen. Beim letzten Treffen ist die Jagdgesellschaft wohl schnell aufgebrochen und sie haben übersehen, dass ein Blatt Papier bei der heftigen Debatte unter den Tisch gefallen ist. Dieses hat der Alpbetreiber beim Aufräumen gefunden. Der Inhalt des Textes auf dem Blatt war für ihn nichtssagend, so hat er es im Papiercontainer entsorgt.

„Den zu durchsuchen war eine Scheißarbeit." Schorsch hat aber das Papier gefunden.

„Und, mach es nicht so spannend", Sandra wird langsam ungeduldig. Schorsch gibt ihr einen Bericht zum Inhalt.

„Komm sofort zur Dienststelle, wir sind alle noch da."

„Endlich haben wir genug Fakten in der Hand", Sandra wirkt bei der Aufzählung, was zusammengetragen wurde, sehr zufrieden.

„Das reicht eindeutig", segnet Dr. Hämmerle ihre Ausführungen mit einem Satz ab.

Der Fußabdruck, den sie in der Stadtpfarrkirche gesichert haben, weist die gleiche Schuhgröße auf, wie die Schuhe von Rita Höfle. Das fehlende Bäckermesser wird sie erklären müssen. Immerhin ist sie seit Jahren die Einzige, die das Haus am *Bödele* nutzt. Und beim Alibi für die Tatzeit hat sie gelogen. Die Frau scheint irgendwie unberechenbar.

Die Jagdgesellschaft von Franz Höfle ist mehr als dubios. Der Mord am Haustechniker wirft Fragen auf, vor allem im Hinblick auf das Schreiben, das Schorsch von der Alpe mitgebracht hat. Ein einfaches Blatt Papier, handschriftlich sind mehrere Adressen vermerkt, unter anderen auch die der drei abgebrannten Häuser. Sogar das *Rote Haus* ist genannt, daneben der Vermerk: *City tower*!

„Wir werden sowohl Franz Höfle als auch Rita Höfle morgen am Montag gleich nach den Trauerfeierlichkeiten für Kaplan Toni Höfle vorläufig festnehmen und mit den Tatsachen konfrontieren“, stellt Sandra fest. Kaum, dass sie die Vorgabe formuliert hat, fällt ihr die Information ein, die sie von Kevin vor einigen Stunden erhalten hat. Rita Höfle ist ja gar nicht im Land. Hilfesuchend wendet sie sich an ihn.

„Keine Sorge, die ist auf dem Weg hierher“, beruhigt Kevin seine Chefin. Sie sitzt im Wartebereich des Flughafens Wien und wird die Frühmaschine nach St. Gallen-Altenrhein nehmen. Ihr Bewegungsprofil und ein Anruf bei den Kollegen am Flughafen bestätigen diese Annahme.

„Das war's wohl mit dem freien Sonntag“, Fledderer stöhnt. Die Ansage von Sandra bedeutet, dass sie mit Hochdruck am sichergestellten Material arbeiten müssen, um die vorläufigen Verdachtsmomente erhärten zu können.

„Tut mir leid für dich und dein Team“, meint Sandra dazu.

„Wann und wo finden die Trauerfeierlichkeiten statt?“, fragt Hanife. Sie unterdrückt dabei ein Gähnen.

„Am Montag um zehn Uhr in der Kirche im *Hatlerdorf*“, meldet sich Andreas Lecher zu Wort. Die *Martinskirche* ist wegen des Mordes neu einzusegnen. Das konnte diese Woche noch nicht erledigt werden. Der Bischof hatte keine Zeit dafür. Auch die Angehörigen wollten das so. Die Trauerfeierlichkeit am Tatort abzuhalten, finden sie zudem pietätlos. Kurz erörtern die Polizisten noch die zu erwartenden Reaktionen bei der Festnahme. Leichenschmaus ist keiner angesetzt.

„Also direkt nach dem Gottesdienst“, fasst Schorsch zusammen. Sandra und Dr. Hämmerle werden sich in Zivil unter die Gottesdienstbesucher mischen. Es wird auch die Polizeipsychologin Karin Holler da sein. Der Staatsanwalt will für alle Eventualitäten gewappnet sein. Alle anderen Beamten stehen uniformiert im Bereich der drei Türen, die in die Kirche führen.

„Schauen wir, dass wir ins Bett kommen“, Sandra blickt auf die Uhr.

„Ein ordentliches Frühstück wäre mir lieber“, meint Dr.

Hämmerle beim Verlassen des Büros. Friedl unterstützt den Vorschlag. Sandra lässt sich überreden.

„Das *Café Fredi* hat seit sechs Uhr offen.“

#11

Die *Kirche zum Hl. Leopold* im Stadtteil *Dornbirn-Hatlerdorf* ist beim Requiem für Kaplan Toni Höfle sehr gut besucht, aber nicht übervoll, wie Sandra sich das erwartet hatte. Niemand muss stehen. Als sie, Dr. Hämmerle und die Polizeiärztin und Psychologin Dr. Karin Holler eintreffen, fallen ihnen mehrere Übertragungswagen mit Satellitenschüsseln auf, die sich hintereinander in einer Seitengasse neben der Kirche aufgereiht haben. Reporter und Kamerateams versuchen, Teilnehmer, die auf dem Weg zur Trauerfeierlichkeit sind, vors Mikrofon zu bekommen. Wenige und die auch meist widerwillig sind für ein kurzes Statement zu haben. Das Dreigespann weicht den Medienmenschen geschickt aus.

Im Inneren der Kirche teilen sie sich auf. Der Staatsanwalt begibt sich ins hintere Drittel der rechten Bankreihe. Die beiden Frauen suchen die linke Seite auf und finden recht weit vorne Platz in einer Kirchenbank, gleich hinter der Prominenz und den vollzählig erschienen Frauen der Kongregation. Sandras Platz in der Bank ist ganz außen zum Seitengang hin.

Sie sind zeitig dran, die Trauerfeierlichkeit hat noch nicht begonnen. Immer noch strömen Menschen über das Hauptportal herein, gehen den Mittelgang zum Sarg des Verstorbenen hoch, verweilen dort kurz und suchen sich einen Platz aus, der gerade frei ist. Es ist mucksmäuschenstill in der Kirche. Man hört nur die immer wieder die zufallende Kirchentür und jeder einzelne Schritt hallt auf dem steinernen Boden durch das monumentale Gebäude.

Sandra ist verblüfft über den Aufwand, der bei der Vorbereitung des Begräbnisses getrieben wurde. Jede Kirchenbank ist mit einem Blumengesteck geschmückt. Rund um den Sarg selbst erstreckt sich ein Blumenmeer aus Rosen und Nelken in allen Farben. Der Sarg selbst ist schlicht und einfach, sticht aber hervor durch eine Bemalung mit bunten Bildern: religiöse Motive. Sandra ist zu weit entfernt, um Details zu erkennen. So etwas kann man sicher nicht bei einem Bestatter bestellen. Da muss man schon jemanden kennen, der sich auf diese Art von Malerei versteht. Solche gibt es sicher nicht viele in der Region, gehen die Gedanken über diesen einzigartigen Sarg durch Sandras Kopf.

Die Trauerfamilie sitzt geschlossen auf der rechten Seite. Sandra sieht sie nur von hinten. Rita, Franz und entferntere Angehörige füllen die ersten beiden Bänke. Die Frau von Franz Höfle fällt durch ihren extravaganten Hut auf. Immer wieder wirft Sandra einen Blick auf Rita, die als Erste in der Bank zum Mittelgang sitzt. Sie trägt über dem schwarzen Kleid einen breiten, roten, bestickten Schal. Sandra bemerkt keine Auffälligkeiten im Verhalten von Rita und überlässt die Beobachtung der Familienmitglieder der Polizeiärztin, die neben ihr sitzt.

Fasziniert suchen Sandras Augen die Decken- und Wandgemälde ab. Die Kirche ist im Stil des späten 19. Jahrhunderts bebildert: mit Heiligen, biblischen Szenen und kirchlichen Motiven. Nur ganz wenige Bilder kann sie irgendwelchen Geschichten, die sie kennt, zuordnen. Ihr religiöses Wissen ist sehr lückenhaft. Dennoch, die Malereien gefallen ihr. Sie traut es sich kaum einzugestehen, aber irgendwie erinnert sie der Stil und die Sprache der Bilder an Comics aus ihrer Jugend. Halt ohne Sprechblasen, irgendwie genial das Ganze.

„Was sollen diese zwei Videowalls?“ Mit der geflüsterten Frage holt die Polizeiärztin Sandra aus ihrer Betrachtung. Erst jetzt fällt Sandra auf, dass links und rechts direkt vor den Seitenaltären zwei mehrere Quadratmeter große, filigrane Bildschirme von der Decke hängen und ein hagerer junger Mann mit langen fettigen Haaren und gekrümmtem Rücken an einem Mischpult sitzt. Seine Jacke trägt den gut leserlichen Schriftzug „DigiJoe“.

„Weiß ich nicht." Sandra zuckt die Schultern, kann aber zumindest über den jungen Mann am Mischpult Auskunft geben.

Plötzlich wird die Stille durch Glockengebimmel, das vom Eingang der Sakristei her zu hören ist, durchbrochen. Zeitgleich blitzen die Videowalls auf und ein Orchester mit Chor und Solisten ist zu sehen und zu hören. Der Introitus aus dem Mozart-Requiem erfüllt mit gewaltigem Klang das Kirchenschiff. Bischof Wachter schreitet mit seinem Sekretär als Konzelebrant und einer Vielzahl von Ministrantinnen zum Altar. Beim Aufstehen der Anwesenden mischt sich zur Musik ein kurzes heftiges Knarren und Knacken der Kirchenbänke.

Der Staatsanwalt beschäftigt sich nicht, so wie Sandra, mit den Eindrücken des Kirchenraumes. Er beobachtet, wer zum Requiem gekommen ist und wen er vermisst. Viele Vertreter aus der Politik, eher der konservativen Seite zuzuordnen, sind anwesend, auch etliche führende Wirtschaftstreibende, die wegen Franz Höfle gekommen sind, um ihre Anteilnahme zu bekunden. Erstaunlich viele Frauen, Medienschaffende und die eine und andere Gruppe, die Dr. Hämmerle als ausländische Gäste einordnet, sind zu sehen. Was ihn erstaunt, es sind nur ganz wenige Kleriker und Mitarbeiter der Diözese anwesend. Vor allem das Auslassen als Mitfeiernde des Gottesdienstes am Altar ist für ihn ein deutliches Zeichen, dass Kaplan Toni Höfle in den eigenen Kreisen wohl nicht beliebt war. Aber über Tote soll man nicht schlecht denken oder gar reden, ermahnt er sich.

Bei der Ansprache zur Würdigung des Verstorbenen, der auf tragische Weise aus dem Leben geschieden ist, läuft der Bischof zur Höchstform der diplomatischen Formulierungen auf und glänzt mit brillanter Rhetorik. Dr. Hämmerle ist erstaunt, das hätte er ihm nicht zugetraut.

„Dies irae dies illa - Tag des Zornes, Tag der Sünden", schallt es laut und kraftvoll durch die Kirche. Auf der einen Videowall ist Claudio Abbado zu sehen, wie er das Orchester, mit großen dramatischen Gesten, den Rhythmus vorgebend, antreibt. Auf der anderen der singende Chor, konzentrierte Gesichter mit offenen Mündern in Großformat.

Aus heiterem Himmel taumelt Rita Höfle aus der Kirchenbank. Ihre lauten Schreie, die mehr Zorn als Klage zum Ausdruck bringen, übertönen plötzlich die Musik bei Weitem. Sich die Haare raufend, nach wie vor Unverständliches brüllend und lallend bahnt sie sich schwankend und stolpernd, langsam, den kurzen Weg zum Sarg. Sie durchpflügt dabei das Blumenmeer und Kerzenständer fallen um. Das vor dem Sarg aufgestellte Porträtbild von Kaplan Toni Höfle geht zu Bruch. An ihrem Ziel angekommen, wirft sie sich auf den Sarg und trommelt in ihrem Wahn mit den Fäusten wild auf diesen ein.

Die Situation richtig einschätzend, springen Sandra und die Ärztin sofort aus der Kirchenbank. Im Laufen noch kramt Dr. Holler ihr Notfallset aus einer der Taschen ihrer Jacke. Sie ist die Erste, die bei Rita Höfle eintrifft, kontrolliert kurz, ob sie die richtige Spritze verabreicht und rammt diese, in den mit einem Griff freigelegten Oberarm.

Sandra versucht mit Gesten, die Anwesenden in den ersten Reihen zu beruhigen, vor allem die Familienmitglieder, die helfen wollen. Sie deutet ihnen, auf den Plätzen zu bleiben und wird dabei von ihren uniformierten Mitarbeitern, die sich seit Beginn des Gottesdienstes im Bereich der Türen unauffällig aufhalten, unterstützt.

„Tuba mirum spargens sonum, Per sepulcra regionum, Coget omnes ante thronum - Laut wird die Posaune klingen, Durch der Erde Gräber dringen, Alle hin zum Throne zwingen."

DigiJoe, der direkt neben dem Geschehen sitzt, weiß sich nicht anders zu helfen, als durch Hochschieben der Lautstärkeregler das Geschrei von Rita Höfle mit der Musik zu übertönen, damit der Eklat möglichst wenigen auffällt.

Bischof Wachter schreckt dabei aus seinen meditativen

Gedanken auf und blickt irritiert ins Kirchenschiff. Was geschehen ist, nimmt er erst wahr, als die Polizeiärztin Rita Höfle bereits aufgerichtet hat. Sie wirkt vom starken Beruhigungsmittel, das ihr injiziert wurde, benommen. Die Ärztin und Sandra stützen sie und geleiteten sie vorsichtig zur Sakristei.

Während des weiteren Verlaufs des Requiems ist den Menschen, die Ritas Auftritt mitbekommen haben, die Betroffenheit ins Gesicht geschrieben. In den Bänken ganz hinten ist aber kaum jemandem etwas Gröberes aufgefallen. Viele nehmen den Vorfall so wahr, als ob jemandem schlecht geworden sei. DigiJoes Strategie ist aufgegangen.

„Requiem aeternam dona eis, domine, Et lux perpetua luceat eis - Ewige Ruhe gib ihnen, Herr, und ewiges Licht leuchte ihnen“, mit diesem letzten Teil des Mozart Requiems endet der musikalische Rahmen der Feierlichkeit.

Rita Höfle ist schon vor der anschließenden Beisetzung auf dem Friedhof mit dem Krankenwagen in Begleitung von Schorsch und der Polizeiärztin abtransportiert worden.

Sandra und Dr. Hämmerle warten etwas abseits der Friedhofsmauern darauf, dass sich nach und nach die lange Schlange jener Menschen, die Franz Höfle und der Familie noch ihr Mitgefühl ausdrücken wollen, kleiner wird.

„Wenn die Letzten weg sind und er sich auch anschickt zu gehen, dann nehmen wir ihn mit.“

Der ereignisreiche Sommer, der die Polizeiarbeit der Inspektion Dornbirn geprägt hat, geht langsam zu Ende. Es sind schon einige Wochen her, dass Rita Höfle in der geschlossenen Abteilung eines psychiatrischen Krankenhauses in Untersuchungshaft gehalten wird. Die Untersuchungen sind mittlerweile abgeschlossen, Gutachten sind erstellt worden. Mit einem Prozesstermin ist noch im Herbst zu rechnen.

Franz Höfle ist nach ein paar Tagen auf freien Fuß gesetzt worden. Es konnte ihm kein Mitwirken an der Ermordung von Aaron Aberer nachgewiesen werden. Dieser Fall landet bei den Akten auf dem Schreibtisch von Hippolyt Deuring und wird wohl nie gelöst werden, wenn nicht ein Zufall zu neuen Erkenntnissen führt. Die aktuelle Hypothese ist, dass es sich bei den Tätern vermutlich um Arbeitsmigranten handelt, die kurzfristig auf der unter Zeitdruck stehenden Baustelle des Hochwasserstollens durch den *Zanzenberg* zum Einsatz kamen und die Gegebenheiten daher gut kannten. Die Frage, ob es ein Auftragsmord war und wie dieser eingefädelt wurde, bleibt nach wie vor offen.

Den Anwälten von Franz Höfle und den Teilnehmern an der Schwarzenberg-Konferenz ist es gelungen, einen Zusammenhang der sogenannten Jagdgesellschaft mit der Brandserie zu zerschlagen. Mehr als ein kurzer Sturm in den lokalen Medien ist nicht entstanden.

Die Herren der Schwarzenberg-Konferenz haben beschlossen, in nächster Zeit auf Tauchstation zu gehen, aber dabei dennoch eines ihrer wichtigsten Ziele nicht aus den Augen zu verlieren: die Beschaffung von Bauland, die Wirtschaft muss ja wachsen.

Die Politiker der Stadt sind etwas hellhöriger geworden, verstehen aber nach wie vor nicht, welche Fäden hier gesponnen werden. Ratlosigkeit auf allen Ebenen und die unmögliche Nachweisbarkeit von geplanten oder durchgeführten Straftaten, die auf das Konto der Konferenz gehen könnten, führen dazu, dass im Amt für Verfassungsschutz und Terrorismusbekämpfung ein Akt über die Schwarzenberg-Konferenz wegen Demokratiegefährdung angelegt wird und für einige Zeit zwei Beamte in Dornbirn stationiert werden.

Diese kutschieren seither in einem alten braunen Skoda mit Wiener Kennzeichen durch die Gegend. Sie observieren täglich diverse Villen im *Oberdorf* und hören sich dabei um, vor allem in Gasthäusern, mehr oder minder diskret. Das hat zu etlichen aufgeregten Anrufen bei der Inspektion geführt. Voyeure oder ausländische Bandenmitglieder beobachten Häuser, so die ängstliche, sorgenvolle oder auch wütende Beschwerde. Hauptsächlich sind es Frauen, denen etwas aufgefallen ist und die sich gestört fühlen.

Sandra und ihrem Team von der Polizeiinspektion Dornbirn hat so etwas gerade noch gefehlt. Herumlungernde inkompetente Schnüffler in ihrem Revier, dazu noch aus der Bundeshauptstadt sind ein Sicherheitsrisiko.

Sandra erwartet in ihrem Büro die Polizeiärztin und Psychologin Dr. Karin Holler. Die Schlussbesprechung in der Causa Kaplan Höfle ist angesetzt. Sandra ist froh, wenn sie den Aktendeckel zu dieser Sache endlich schließen kann. Friedl sitzt bei ihr. Er ist nach Dornbirn gekommen, weil sie im Anschluss an die Besprechung noch Ifra Faduma mit ihrer Mutter erwarten. Sie wollten den Bericht, wie der Vater und Ehemann ums Leben gekommen ist, nicht einfach zuschicken. Gerne haben die Fadumas der Möglichkeit zu einem persönlichen Gespräch zugestimmt und sind aus dem Südtirol angereist. Sie haben dadurch auch die Gelegenheit, das Urnengrab von Mann, Vater und Schwager zu besuchen. Friedl tut sich bei solchen Gesprächen schwer, darum hat er gebeten, dass die Psychologin mit am Tisch sitzt.

Karin Holler verspätet sich etwas, so kann Friedl Sandra in aller Ruhe noch zum Fest anlässlich des Endes des Alpsommers einladen.

„Am kommenden Samstag, wenn es möglich ist, komm schon am Vormittag. Bei mir auf dem Hof ist den ganzen Tag etwas los.“ Friedl kommt bei der Erzählung, wie das Fest sich gestalten wird, ins Schwärmen.

„An diesem Wochenende kommt Anita, kann ich sie wie immer mitbringen?"

„Das ist doch wohl selbstverständlich."

Ohne zu klopfen, steckt die Polizeiärztin den Kopf durch die Türe, kommt gleich herein, nimmt sich einen Stuhl und setzt sich zu Sandra und Friedl.

„Tut mir leid, dass ich so spät dran bin, aber es ist halt wieder ein Notfall dazwischengekommen", die Entschuldigung ist gleichzeitig auch die Begrüßung. Schwungvoll zieht die Ärztin ein dünnes Dossier aus ihrer Aktentasche, legt es auf den Tisch und blättert es auf.

„Seid ihr so weit, können wir gleich anfangen?"

Ohne Punkt und Komma zitiert Dr. Holler aus den Gutachten und Berichten der Ärzte und durchleuchtet die psychische und seelische Welt von Rita Höfle. Sandra und Friedl wollen sie hin und wieder unterbrechen, weil sie das eine oder andere nicht verstehen, kommen aber nicht zu Wort.

Bei Rita Höfle wurde, nach einem tätlichen Angriff auf ihren Bruder Franz, Schizophrenie diagnostiziert. Zwanzigjährig brach die Krankheit bei ihr aus. Sie kam in Behandlung und hatte über viele Jahre die Krankheit gut im Griff. Vor ein paar Jahren hat sie den Arzt gewechselt und zeitweise die Medikamente abgesetzt. Sie experimentierte selbst an sich herum und entdeckte dabei, dass Schübe, wenn sie Stimmen hörte und fremdgesteuert war, ihr künstlerisches Schaffen als Designerin befruchteten. Dazu kam noch der zunehmende, fast schon exzessive Alkoholmissbrauch. In ihrem Umfeld in Wien, wo sie ja die meiste Zeit lebte, ist der soziale Rückzug, den sie phasenweise durchlebte, bei ihren Freunden und Bekannten nicht aufgefallen, da sie ja auch viel im Ausland unterwegs war.

Bei den vielen Gesprächen und Untersuchungen war sie sehr kooperativ, konnte sich aber an die Tat selbst nicht erinnern. Geplant war sie jedenfalls nicht. Sie wollte mit ihrem Bruder

Toni reden. Es hat ihr allerhand, was sich in der letzten Zeit in der Familie abgespielt hatte, nicht gepasst.

Sie konnte sich noch erinnern, dass Toni in den Tagen vor der Tat wegen seines übervollen Terminkalenders für sie nicht einmal telefonisch zu erreichen war. So hat sie sich über die Website des Seelsorgeraumes die Zeiten, zu denen er im Beichtstuhl sitzt, geholt. Sie ist direkt von London kommend über Zürich nach Dornbirn gefahren.

„Soweit die Fakten", stellt die Polizeiärztin fest. Alles Weitere sind Annahmen der untersuchenden Ärzte, die in langen Gesprächen und vielen Sitzungen versucht haben, möglichst viel über Rita Höfles Leben zu erfahren.

Sie fühlte sich zurückgesetzt, als weibliches Mitglied der Familie wurde sie nicht ernst genommen, viele Kränkungen hat sie durch ihre Brüder erfahren müssen und immer wieder ist es ums Geld gegangen. In einem der Gutachten wurde auch die Meinung vertreten, dass, wenn sie nicht gestoppt worden wäre, auch ihr Bruder Franz über kurz oder lang Ziel eines tätlichen Angriffs hätte werden können. Sie sah sich als die einzige richtige Höfle. Ihre Brüder sind ja nur Anhängsel. Der Eine vermutlich ein Kuckuckskind, der Andere aus zweiter Ehe ihres Vaters. Eigentlich hätte ihr die Leitung des Unternehmens, oder zumindest viel mehr vom Gewinn zustehen müssen.

„Bei schizophrenen Schüben und dieser Familiensituation ist das eine hochgiftige Mischung", schließt Dr. Holler ihren Bericht.

„Eines würde mich noch interessieren. Wie ist das mit dem Bäckermesser gewesen. Hat sie das nicht vorsätzlich eingesteckt und die Tat doch irgendwie geplant?", hakt Sandra nach.

„Gute Frage." Auch das wurde geklärt. Rita Höfle hat das Messer schon vor Jahren in ihre Handtasche gesteckt, anstelle eines Pfeffersprays, zu ihrer Sicherheit in der Großstadt.

„Kann plötzlicher Druck oder Stress dazu geführt haben,

dass es zur tödlichen Messerattacke gekommen ist?", will Friedl wissen, er denkt dabei an eine Art Spontanreaktion. Er erinnert sich noch an seine Kindheit, als er auf Geheiß seiner Mutter regelmäßig zur Beichte musste. Des Öfteren hat ihn der Priester ordentlich, in seinen Augen einer Bagatelle wegen, zusammengestaucht, was ihn zornig werden ließ.

„Wir wissen nicht, was im Beichtstuhl geredet wurde. Aber es ist durchaus möglich, dass, falls Kaplan Höfle seine Schwester gezielt psychisch untergriffig angegangen ist, bei ihr Stimmen oder Wahnideen urplötzlich auftraten", gibt die Polizeiärztin auf Friedls Frage Antwort. Die Beengtheit und Düsterheit des Raumes können auch ausschlaggebend gewesen sein.

„Wer weiß schon, in welche Rolle sie gefallen ist. Vielleicht in die einer Hohepriesterin, Rächerin oder Richterin. Ego te absolvo a peccatis tuis, ich spreche dich frei von deinen Sünden." Dr. Holler holt wieder zu einem längeren Monolog aus. Der Tatort, ein Beichtstuhl, könnte durchaus eine symbolische Bedeutung haben. Sie schwadroniert über Begriffe wie, verzeihen, vergeben, vergelten, sühnen, rächen und die Sichtweisen von Religionen, Philosophien, Gesellschaften und Politik dazu.

„Der plötzliche Stich mit dem Messer, eine tödliche Absolution, quasi." Lassen wir aber die Spekulationen, meint die Polizeiärztin letztlich. Leicht außer Atem geraten, reicht sie Sandra das Dossier.

„Das war's dann", kommentiert Sandra die Übergabe. Sie legt das Dossier zu dem Stapel des Ermittlungsaktes auf ihrem Schreibtisch.

„Ja, Fall abgeschlossen", bestätigt die Polizeiärztin diesen letzten formalen Akt in der Causa Toni Höfle.

Es bleibt noch ein wenig Zeit zum Termin mit den Fadumas. Sandra nutzt sie, um Grüntee aufzugießen. Bis das Wasser zum

Kochen kommt, gelingt es ihr auch, aus dem Fundus an Süßigkeiten, in ihrer untersten Schreibtischlade, die besten Stücke herauszufischen und appetitlich auf einem Teller zu arrangieren. Sie, Friedl und die Polizeiärztin sind auf das eher schwierige Gespräch vorbereitet.

Ifra Faduma und ihre Mutter treffen pünktlich ein. Ifra ist eine bildhübsche, großgewachsene junge Frau, nicht minder ihre Mutter. Beide sind in somalische Landestracht gekleidet, weit gewickelte Kleider aus Baumwolle mit verschiedenen Ornamenten in den Farben orange, gelb und schwarz, dazu ein schwarzes Kopftuch, das sie beim Betreten des Büros ablegen.

Nach der Vorstellung und Begrüßung beginnt Friedl zu erzählen, wie sie auf die Spur der Schlepperbande gekommen sind, ohne Details zu erwähnen. Er hat Fotos vom Arlbergpass und der Müllentsorgungsanlage mitgebracht, um den Frauen die letzte Reise ihres Mannes, Vaters und Schwagers zu zeigen. Betroffenheit und Trauer machen sich bei den Frauen breit.

Die Polizeiärztin bringt sich ein, versucht zu trösten und erkundigt sich nach ihrem Leben in Brixen, nach Freunden und der Situation bei der Arbeit und in der Schule. Sie ist öfters in der Gegend und geht dort gerne wandern. Ein geschickter Schachzug von ihr, um vom Thema Trauer und Tod wegzukommen, registriert Friedl. Sie macht auch den Vorschlag, sich am nächsten Tag frei zu nehmen und die Fadumas durchs Land zu fahren, ihnen die Orte zu zeigen und das Grab gemeinsam zu besuchen. Mutter und Tochter nehmen das Angebot gerne an.

Friedl nutzt die positive Stimmung des Gesprächs und zieht aus seiner Brusttasche ein kleines Etui. Er schiebt es über den Tisch und fordert die beiden Frauen auf, es zu öffnen. Mutter und Tochter sind überrascht. Es fehlen ihnen die Worte. Friedl hat aus der Asservatenkammer das Amulett, die gelochte Münze, die Herr Faduma bei seiner Flucht getragen hat, ausgehoben. Sie ist mit einem neuen Lederband versehen. Ifras Mutter nimmt es in die Hand, bedankt sich bei Friedl und bindet es ihrer Tochter mit einer feierlichen Geste um den Hals. Dabei unterhalten sie sich in einer Sprache, die im Raum noch nie jemand gehört hat.

Sie bleiben noch eine Weile, Ifra ist von den Pralinen, die Sandra aufgetischt hat, angetan. Sie kommen auch gerne zum Hoffest, zu dem sie Friedl bei der Verabschiedung spontan eingeladen hat.

„Ist besser gegangen als erwartet", bemerkt Friedl, nachdem die Fadumas das Büro verlassen hatten.

„Beide sind starke Frauen", sind sich Sandra und die Polizeiärztin einig.

Alma, Brunella, Cäcilia, Dora und Elsa sind mit Blumenkronen zwischen den Hörnern geschmückt. Um den Hals tragen sie Glocken an ledernen Zierriemen. Sie wurden weit draußen im Ried aus dem Viehwagen, der sie von Hittisau gebracht hat, ausgelassen. Ohne Mühe orientieren sie sich und laufen zielstrebig in Richtung ihres Hofes und Stalles im Ochsenvorach am Ortsrand von Lustenau. Muhammad braucht sich um sie nicht zu kümmern. Arbeit aber hat er mit Kasimir, der ihn beim Abholen der Kühe begleitet. Der Esel in seiner Freude, weil die Kühe wieder da sind, springt über Wassergräben in fremde Wiesen und hat Lust, Fangen zu spielen. Schlussendlich muss ihm Muhammad ein mitgeführtes Seil um den Hals legen, damit er nicht entkommt. Kasimir fügt sich in sein Schicksal und schreitet stolz an Muhammads Seite zum Hof. Die Kühe waren den ganzen Sommer über im *Bregenzerwald*, zuerst auf Korlen, dem früheren Wohnsitz von Friedl, der als Maisäß diente und dann auf einer Alpe bei Sibratsgfäll.

Friedl und Hilde haben zum Hoffest als Abschluss des Alpsommers, Kollegen, Freunde und Nachbarn eingeladen. Um die Mittagszeit tummeln sich über 50 Menschen auf seinem kleinen Anwesen. Auf dem Vorplatz ist ein Marktstand aufgerichtet, da gibt es für die Besucher allerhand zu essen: Blut- und Leberwürste, Sauerkraut und Knödel. Natürlich wird auch Alpkäse, Butter und selbstgebackenes Schwarzbrot gereicht.

Gockel Julius und seine Damen fühlen sich unter den Festgästen wohl und hoffen, dass ab und an ein Stück Brot auf den Boden fällt. Auch der eine und andre Hund von Hildes Hundepension darf unter die Gäste. Sie lassen sich gerne kraulen. Nur von der Leberwurst muss man sie fernhalten, sonst werden sie nervös.

Am frühen Nachmittag erreicht die Stimmung den Höhepunkt. Zwei Musiker der Polizeiblasmusik greifen zu Handorgel und Klarinette. Sie spielen Oldies. Schorsch Walter gesellt sich zu ihnen und unterstützt sie so gut er kann mit seiner Mundharmonika, die er aus dem Hosensack zieht. Die Virginia legt er auf einem Mauervorsprung ab. Feuersinger und Fledderer wagen dazu gar ein Tänzchen.

Sandra, Anita, Friedl und Hilde amüsieren sich über Dr. Florian Hämmerle, der einen Narren an den Kühen gefressen hat und mit jeder ein Selfie macht.

„Sag mal Sandra, nimmst du die Einladung vom Bischof wirklich an und gehst mit ihm einmal auf die Jagd?", will Hilde wissen. Diese bejaht die Frage. Mit dem pensionierten Hofrat von ihrem Fall in Hittisau spielt sie auch hin und wieder Golf.

„Bei jedem gelösten Fall bleibt halt irgendetwas hängen", meint sie scherzhaft.

„Ja ältere Herrn mit zeitaufwendigen, ausgefallenen Hobbys. Vertane Zeit, so kommst du nie zu einem Mann", stichelt Anita.

Hanife sitzt mit Andreas Lecher und Hans Bösch, dem pensionierten Postenkommandanten von Lustenau, Friedls Vorgänger, an einem Tisch. Er weiß schaurige Geschichten aus früheren Zeiten zu erzählen. Dabei übertreibt er maßlos, so die Vermutung von Hanife.

Kevin Mäser und Muhammad sind umringt von jungen Frauen aus der Nachbarschaft. Sie beratschlagen, wo man heute am Abend noch gut ausgehen kann. Ifra Faduma trifft Sportkolleginnen. Sie und ihre Mutter finden gleich Anschluss. Hippolyt Deuring hält sich etwas abseits. Menschenansammlungen sind ihm nicht geheuer. Er versucht, Kasimir irgendwelche Kunststücke beizubringen. Friedl freut sich aber, dass er dennoch gekommen ist. Die Polizeiärztin Dr. Holler konnte nicht kommen, sie musste zu einem Symposion nach Deutschland.

Friedl hält eine kurze Rede zur Feier des Tages, bedankt sich bei den Gästen fürs Kommen und fordert seine Kollegen auf, den Tag zu genießen.

„Wer weiß, wann ein Ganove uns wieder neue Arbeit beschert. Unsere Arbeitgeber sind leider unberechenbar! Zum Wohl!“

Nachwort und Dank

Das Rezept stammt aus dem kleinen Kochbuch „Die moderne Gasküche von *Junker und Ruh*“, Karlsruhe, erschienen um 1930. Mein Großvater war damals Monteur bei der Vorarlberger Gasgesellschaft und führte Kochkurse für Kunden, die sich einen neuen Gasherd zulegten, durch. So kam das Rezept in unsere Familie.

Meine Tante Berta brachte es zur wahren Meisterschaft in der Herstellung des *Süddeutschen gefüllten Kranzes*, wie der Stollen im Kochbuch genannt wird. Bei Familienfesten, wie Weihnachten und Ostern, gab es zum Kaffee immer den *Junker und Ruh*, wie der Stollen in unserer Familie bezeichnet wurde.

Für die Leserinnen und Leser, die es versuchen wollen, verrate ich gerne das Originalrezept. Sollte der Stollen wirklich gelingen, lasse ich mich gerne zu einer Verkostung einladen. Seit Tante Berta tot ist, komme ich nicht mehr in den Genuss des Stollens.

Zutaten: 750 g Mehl, 150 g Butter, 100 g Zucker, 30 g Hefe, 1 Ei, ½ Zitroneneschale abgerieben, gut ¼ l Milch.

Zur Füllung: 50 g Butter, 50 g Zucker und Zimt, 125 g Sultaninen, 75 g Korinthen, 50 g feingewiegte Mandeln, 50 g grobgehackte Mandeln zum Bestreuen.

Zubereitung: Von den Zutaten, die Füllung ausgenommen, wird ein Hefeteig zusammengewirkt, den man gehen lässt. Dann rollt man ihn zu einem länglichen Stück aus, bestreicht ihn mit Butter, gibt die Füllung darauf und wickelt das Ganze zusammen. Man schneidet es in der Mitte der Länge nach auseinander und schlingt die beiden Teile zu einem Kranz zusammen, die angeschnittene Seite nach oben. Der Teig wird noch einmal warm gestellt, mit Eigelb bestrichen, mit den grobgehackten Mandeln bestreut und auf ein gefettetes Blech gegeben.

Backzeit: Bei guter Mittelhitze 40-45 Minuten. Noch warm mit einer Puderzuckerlösung glacieren.

Ein herzlicher Dank gebührt all jenen, die mich bei der Schreibarbeit begleitet und unterstützt haben:

Charlotte Mayrhauser-Berger, als Erstleserin, für die regelmäßigen Gespräche jeweils freitags bei einem Kaffee. Ihre Anregungen und Korrekturen habe ich gerne eingearbeitet.

Christa Rhomberg-Schneider und Barbara Sohm, als Testleserinnen, für ihre Eindrücke und Rückmeldungen.

Meiner Frau Ulli für die Begleitung bei den Recherchen. Dabei unternahmen wir schöne Wanderungen und inspizierten die Beichtstühle vieler Kirchen. Wenn ein neues Kapitel fertiggestellt war, war sie abends eine gute Zuhörerin beim Vorlesen. Etliche ihrer kritischen Gedanken sind in den Text eingeflossen. Als Kämpferin gegen den Fehlerteufel war sie unersetzlich.

Mein Sohn Moritz sorgte mit seinen Ratschlägen dafür, dass die Handlung halbwegs rechtskonform erzählt wird und für Nicht-Ortsansässige verständlich ist.

Ein besonderer Dank geht an Nina Winkler, Verlag edition V, für das Lektorat. Mit sicherem Auge hat sie Schwachstellen aufgespürt und zur Verbesserung des Textes beigetragen. Ebenso bedanke ich mich bei Peter Natter für das Korrektorat und bei Tobias Rümmele für Gestaltung und Satz.

Dies Irae, lateinischer Text und traditionelle Übersetzung aus www.hymnarium.de zitiert.

Der Autor

Guntram Zoppel, geboren 1954. Studium der Geschichte und Religionspädagogik, Gymnasialdirektor a. D., wohnt in Dornbirn, ist begeisterter Leser von Kriminalromanen, spielt leidenschaftlich schlecht Golf, kocht gerne, macht Yoga und ist viel auf Reisen.

Er ist Mitglied im SYNDIKAT e. V., einem Verein für deutschsprachige Kriminalliteratur und bei KRIMIAUTORINNEN, einer Plattform der österreichischen Krimischriftstellerinnen und Schriftsteller.

Tödliche Absolution ist der dritte Krimi der Serie mit Friedl Natter und Sandra Dorner als ermittelnden Polizisten. *Mord am vierten Loch* und *Die Tote am Ende der Fahnenstange* sind bereits erschienen.

Bereits erschienen

Guntram Zoppel
Mord am vierten Loch
Ein Bregenzerwald-Krimi

Ein hinterhältiger Mord am Golfplatz Riefensberg-Sulzberg erschüttert die Mitglieder des Clubs und die Bewohner der umliegenden Ortschaften im Bregenzerwald. Der Tote ist niemand Geringerer als der Landwirt, Holzhändler und etwas zwielichtige Geschäftsmann Bartl Moosbrugger. Vor der idyllischen Kulisse des Bregenzerwaldes bringen die beiden sympathischen Dorfpolizisten Friedl Natter und Sandra Dorner nach und nach die dubiosen Machenschaften, Intrigen und persönlichen Verstrickungen ans Licht. Eine hintergründige Hommage an ein schönes Tal!

November 2017
ISBN 978-3-9504280-5-6 | edition v

Bereits erschienen

Guntram Zoppel

Die Tote am Ende der Fahnenstange

Ein Lustenau-Krimi

An einem kalten, nebligen Herbsttag, kurz vor Unterrichtsbeginn, entdecken Schüler des Gymnasiums eine Tote, erhängt an der Fahnenstange. Die Schulgemeinschaft fällt aufgrund des schrecklichen Leichenfundes in Schockstarre. Die sympathischen Polizisten Friedl Natter und Sandra Dorner ermitteln. Dabei stoßen sie auf kuriose Gegebenheiten, seltsame Gepflogenheiten und skurrile Zustände in der Marktgemeinde.
Lustenau ist eben anders.

Oktober 2018

ISBN 978-3-9504280-9-4 | edition v

Bereits erschienen

Lotte R. Wöss

Kaltblütige Abrechnung

Gefesselt, verstümmelt und grausam ermordet. Chefinspektor Toni Wakolbinger und seine junge Assistentin Cindy Panzenböck finden so die Leiche des angesehenen Arztes auf. Kündigt der rosarote Babyschuh auf dem Bauch des Toten den Beginn einer Mordserie an? Diese Befürchtung wird zur Tatsache, während sich das ungleiche Duo zusammenraufen muss. Ein Mord nach dem anderen geschieht, immer brutaler, jedes Mal gekennzeichnet mit dem Schuh. Ein Wettlauf mit der Zeit beginnt.

ISBN 978-3-903240-12-4 | edition v

Bereits erschienen

Kriemhild Bickel

Ledigenkinder

Als die hübsche, aber etwas naive Stefanie ihrem Freund gesteht, dass sie schwanger ist, sucht dieser, wie schon der Vater ihres ersten Kindes, schnellstens das Weite. Vorbei war es mit seiner großen Liebe.
Als auch ihre Mutter sie vor die Wahl stellt, das Kind entweder sofort nach der Geburt in Pflege zu geben oder ihr Bündel zu schnüren, wird die kleine Anna-Lena als Ledigenkind zu ihrem Vater und dessen Frau in Pflege gegeben. Hier beginnt die Geschichte eines kleinen Mädchens, das ungeliebt und als Magd missbraucht, aufwächst.

ISBN 978-3-903240-11-7 | edition v

Bereits erschienen

Wolfgang Berchtold

Das Vorarlberger Schimpfwörterbuch

An alle Schnorrawaggli, Schoofsäckel, Hälgiiger und Hallodri, Bodasurri, Tüpflischiißer und Pappsäckl, Arschkrüücher und Rotznasle, Füdlaschlüüfer, Großkopfate und Hohlköpf: Mensch-Meier, i deam Buach git as elendig viel zum Schimpfa und Fluacha. Huara-sack-zement!

Dieses Buch gibt Einblick in die Vorarlberger Welt des Schimpfens, Fluchens und Spottens. Hunderte der aufgelisteten Wörter gehören der aktuellen Alltagssprache an, manche sind nur noch wenigen bekannt und viele sind bereits in Vergessenheit geraten. Der Nachschub erfolgt vor allem über die Jugend und ihre Affinität zu den neuen Medien. Dementsprechend wird ein weiter Bogen gespannt: von längst vergessenen Schimpf-, Fluch- und Spottwörtern über die gängigsten Dauerbrenner bis hin zu völlig neuen Wörtern aus der Jugendsprache.

ISBN 978-3-903240-10-0 | edition v